よろず占い処　陰陽屋狐の子守歌

天野頌子

ポプラ文庫ピュアフル

JN211220

もくじ

よろず占い処

陰陽屋狐の子守歌

◆登場人物一覧◆

※今回出てこない人もいます。

安倍《あべ》祥明《しょうめい》　陰陽屋の店主。陰陽屋をひらく前はクラブドルチェのホストだった。

沢崎《さわざき》瞬太《しゅんた》　陰陽屋のアルバイト高校生。実は化けギツネ。新聞部。

沢崎みどり　瞬太の母。王子稲荷神社で瞬太を拾い、育てている。看護師。

沢崎吾郎《ごろう》　瞬太の父。勤務先が倒産して主夫に。趣味と実益を兼ねてガンプラを製作。

沢崎初江《はつえ》　吾郎の母。谷中で三味線教室をひらいている。

小野《おの》寺《でら》瑠《る》海《み》　みどりの姪。気仙沼の高校生。妊娠中。

安倍優《ゆ》貴《き》子《こ》　祥明の母。息子を溺愛するあまり暴走ぎみ。

安倍憲顕《のりあき》　祥明の父。学者。蔵書に目がくらんで安倍家の婿養子に入った。

安倍柊一郎《しゅういちろう》　優貴子の父。学者。やはり婿養子。学生時代、化けギツネの友人がいた。

槙原《まきはら》秀行《ひでゆき》　祥明の幼なじみ。コンビニでアルバイトをしつつ柔道を教えている。

葛城《かつらぎ》　クラブドルチェのバーテンダー。実は化けギツネ。月村颯子を捜していた。

雅人《まさと》　クラブドルチェの元ナンバーワンホスト。現在はフロアマネージャー。

高坂《こうさか》史尋《ふみひろ》　瞬太の同級生。通称委員長。新聞部の部長。

江《え》本《もと》直希《なおき》　瞬太の同級生。自称恋愛スペシャリスト。新聞部。

岡島《おかじま》航平《こうへい》　瞬太の同級生。ラーメン通。新聞部。

三井《みつい》春菜《はるな》　瞬太の同級生で片想いの相手。陶芸部。祥明に片想い。

倉橋《くらはし》怜《れい》　瞬太の同級生で三井の親友。剣道部のエース。

青柳《あおやぎ》恵《めぐみ》　瞬太の同級生。瞬太に失恋。演劇部。

遠藤《えんどう》茉《ま》奈《な》　瞬太の同級生。高坂のストーカー。新聞部。

浅田《あさだ》真哉《しんや》　瞬太の同級生で高坂をライバル視している。パソコン部。

白井《しらい》友《ゆ》希《き》菜《な》　新聞部の後輩。中学生の時から高坂に片想い。

金井《かない》江《え》美《み》子《こ》　陰陽屋の常連客。上海亭のおかみさん。

仲条《なかじょう》律子《りつこ》　陰陽屋の常連客。通称プリンのばあちゃん。

月村《つきむら》颯子《さつこ》　化けギツネの中の化けギツネ。別名キャスリーン。優貴子の旅行友だち。

第一話

呪われた学園の四月

一

江戸時代中期に、八代将軍徳川吉宗《とくがわよしむね》が、お花見宴会用の桜を飛鳥山《あすかやま》に植えてから、かれこれ三百年。

今年も東京都北《きた》区王子《おうじ》に桜の季節がやってきた。

春の風にのって、淡いピンクの花びらと、楽しげな歌声と、アルコールの匂いが街中にまきちらされていく。

一年で一番、陽気でにぎやかな季節だ。

しかし陰陽屋《おんみようや》のアルバイト店員である沢崎瞬太《さわざきしゆんた》にだけ、今年の四月は憂鬱《ゆううつ》とともにやってきた。

校門をくぐる足取りは、いつになく重い。

春休み中の三者面談で、両親、特に母のみどりが熱弁をふるった甲斐《かい》あって、瞬太はなんとか高校三年生に進級させてもらうことができた。

だが卒業単位はまったくたりていない。

「いくら飛鳥《あすか》高校が単位制をとっているとはいえ、これほど単位がたりないまま三年生に進級した生徒はいません。一学期の成績次第では、二年生に戻ってもらうこともありますから、真剣に勉強に取り組んでください」

クラス担任の井上《いのうえ》先生が、オペラ歌手のような美声で重々しく告げた言葉が、今でも耳の奥にこびりついている。

「あーあ、なんだか不吉な予言みたいだったなぁ……。勉強はすごく苦手だし、高校なんていつやめてもいいんだけど、父さんと母さんが絶対だめって言うし……」

瞬太は、十七年前、王子《おうじ》稲荷《いなり》神社の境内《けいだい》に置き去りにされていたのを、母のみどりに拾われた。

それこそ桜の花の下だったらしい。

化けギツネである瞬太を育てるのは、かなり大変だったはずだ。ちょっと風邪で体調を崩しただけで、三角の耳やふさふさの尻尾《しっぽ》をだしてしまうので、うっかり病院にも連れて行けない。

だから瞬太は、苦労して育ててくれた両親には、なるべく迷惑をかけたくないし、期待にそいたいとも思っている。

まあ、成績だけはどうにもならないわけだが……。

ため息をつきながら、瞬太が三年二組の教室に足を踏み入れると、シャンプーのすごくいい匂いが鼻をくすぐった。

匂いの主はわかっているが、つい、目で探してしまう。

「おはよう、沢崎君」

瞬太の視線の先で、三井春菜《みついはるな》がにこりと微笑《ほほえ》んだ。

ふわふわした髪が少しだけ伸びただろうか。あいかわらず小柄でかわいい三井だが、最近、ほんの少しだけ大人っぽくなったかもしれない。

そうだ、いいこともある。

二年から三年へはクラス替えがなく、持ち上がりなので、また三井と一緒なのだ。

「沢崎も三年生になれたの？　奇跡ね」

三井の隣で呆《あき》れている、きりりとした面差《おもざ》しの美少女は倉橋怜《くらはしれい》。三井の親友で、かつ、飛鳥高校で女子に一番人気がある女子だ。

倉橋は剣道部のエースで、今年こそは全国制覇を狙っているらしい。

「やあ、沢崎、おはよう。きっと三年になれると思ってたよ」

委員長こと高坂史尋《こうさかふみひろ》は、また背が伸びたようだ。もう百八十はとっくにこえているだろう。高坂は新聞部の部長で、黒縁眼鏡《めがね》の奥の瞳には、旺盛な好奇心があふれている。

「本当に沢崎にはお稲荷さまのご加護があるんだな」

江本直希《えもとなおき》も、そばかす顔はあいかわらずだが、少し背が伸びたようだ。自称恋愛エキスパートの江本には、今年こそ彼女ができるだろうか。

「また一年間よろしく頼むぜ」

岡島航平《おかじまこうへい》は身長よりも体重が増え、さらに貫禄がついたようだ。顔はさらにおやじ臭くなり、どう見ても部長、いや、本部長クラスの貫禄である。

「あっという間に二年に逆戻りになったりしてね」

縮れた前髪を指にくるくるからめながら嫌みを言ってきたのは、パソコン部の浅田《あさだ》真哉《しんや》だ。高坂をライバル視するあまり、新聞部や陰陽屋にも嫌がらせをする迷惑な奴である。

残念ながらこいつともまた同じクラスだ。

「おはよう」

青柳恵《あおやぎめぐみ》に声をかけられ、瞬太の心臓は大きくはねた。

春の陽射《ひざ》しの中、青柳のまっすぐな黒髪がさらさら揺れている。

今のところ、瞬太に本命チョコをくれた最初で最後の女子は、また一段ときれいになったようだ。

「みなさん、もうチャイムはなりましたよ。席についてください」

出席簿をかかえて教室に入ってきたのは、若い女性教諭だった。上品な白いスーツにピンクのブラウス。茶色の髪を首の後ろでたばねるサテンのシュシュも淡いピンクだ。

去年、二年二組の副担任だった、音楽の山浦美香子《やまうらみかこ》先生である。

「あれ、井上先生は今日は休み?」

誰かが発した質問に、先生はにこりと微笑んだ。

「井上先生は三月いっぱいで退職されたので、あたしがクラス担任を引き継ぐことになりました。一年間よろしくね」

先生の説明を受け、教室内にざわめきが広がった。

二年から三年へは、クラス担任もそのまま持ち上がることが多いため、今年も井上先生だと全員が予想していたのである。

瞬太以外の生徒にもそれなりに厳しく、あまり人気がなかった井上先生から、若くきれいな山浦先生への交替を歓迎する声が多いようだ。

「委員長、知ってた？」

「いや、全然」

瞬太が小声で問いかけると、高坂は首を横にふった。

耳の早い高坂でさえも知らなかったのである。

「いくつか伝達事項があります。まず最初に……」

先生がやわらかなソプラノで話しはじめると同時に、じわじわと眠気が瞬太に押しよせてきた。

ちょっとくせのある甘い香りが、鼻腔《びこう》に広がる。パンチのきいた成分がブレンドされているようだ。外国製の香水だろうか。

それにしても、春は寝ても寝ても眠い。

こういうのを何て言うんだっけ？

たしかシュンミン……

「沢崎君！　おきて！」

うとうとしはじめた瞬太に、鋭い注意がとんだ。

瞬太がはっとして目をあけると、さっきまで教壇にいたはずの山浦先生が、目の前に立っているではないか。

「え、あれ？」

「ひどいわ沢崎君、ホームルームがはじまって、まだ五分しかたってないのに」

「え……」

いつも一分で熟睡してしまう瞬太にしてみれば、五分は頑張った方だ。

生まれながらのキツネ体質のせいか、日中はやたらと眠いのである。

「ちゃんとおきて、先生の話を聞いてね」

「……うん」

おきていられる自信はまったくなかったが、「いやだ」とは答えられない。

その朝のホームルームは、先生がずっと瞬太の前にはりついて、三分おきに声をかけてきたため、なんとか熟睡は避けられたのであった。

二

一学期最初の日は、始業式だけで、授業はない。ホームルームが終わると、生徒たちは帰宅するか、部活に行くか、昼食をとるかである。

「あれ、沢崎、おきてるんだ。珍しいね」

高坂は、瞬太をおこそうとして肩にのせた手をひっこめた。

「時々意識が遠くなるけど、なんとか……」

瞬太は右手の甲で目をこすり、こくりとうなずく。

「新メニューもチェックしたいし、晴れてるけど今日は食堂に行かない？」

「お、いいね。また新ラーメンでてるかな」

高坂の提案に、ラーメンをこよなく愛する岡島の目がキラリと光る。

軽いかばんを持って、瞬太たちは食堂にむかった。まだ一年生が入学していないこともあり、食堂の席は半分ほどしか埋まっていない。

窓際の席を確保すると、瞬太は吾郎《ごろう》がつくってくれた弁当をひらいた。今日はさんまの味噌煮と、菜の花と油揚げの辛子あえと、卵焼きだ。青魚のＤＨＡで瞬太の成績をあげよう作戦は地味に継続中である。効果はまだでていないが。

岡島と高坂は新メニューの春野菜ラーメンをトレーにのせてカウンターからはこんできた。江本は牛丼定食だ。

「春野菜ラーメンって、ネーミングは何だか春野菜のペペロンチーノみたいだけど、味はまああだね。見た目もきれいだし」

「そうだな、おれも八十、いや、八十五点をつけてもいい」

高坂の分析に、岡島もうなずく。

「十五点マイナスした理由は？」

「チャーシューのかわりにロースハムを使ってるところが物足りないな。見た目重視なんだろうけど」

「なるほどね」

高坂はブレザーの内ポケットから取材ノートをとりだした。

将来は新聞記者を志しているだけあって、高坂は何でもこまめにメモをとる。

「ところで、委員長の取材レーダーにもひっかかってなかったってことは、みかりんが二組の担任になるってことは極秘だったのかな？」

江本が牛丼を頬張《ほおば》りながら高坂に尋ねた。みかりんというのは、山浦美香子先生に生徒たちが勝手につけたニックネームだ。

「三学期の終業時点では井上先生がそのまま継続する雰囲気だったんだ。たぶん、三月下旬に何かあって、かなり急に退職することになったんだと思う。でもその時には、ベテランや中堅の先生たちはもう担任するクラスが決まっていて、あいている候補者がいない。その結果、三年二組の副担任をつとめるはずだったみかりんが、急きょ担任にスライドすることになった、っていうところじゃないかな。初めて担任するクラスがいきなり三年生っていうのはイレギュラーだけど、そういう事情なら納得がいくだろう？」

高坂の推論に、なるほど、と、みんなでうなずく。

「さすが委員長だな」

江本は率直に称賛した。

「あくまで推測だけどね」

「それで、みかりんっていくつなのかな？」

「Dカップだ」

江本の問いにさらっと答えたのは、岡島だ。

「いや、年齢。てか、何でおまえ、みかりんがDカップだって知ってるんだよ？」

「見ればわかるだろ」

「さすが岡島だな……！」

高坂の時とはかなり違う口調で称賛した。

「歳は知らない。二十六くらいか？」

「童顔だけど、音大をでて新卒採用されて今年で六年目だから、だいたい二十七、八歳だね。留学や休学をしていたら、もう少し上の年齢かもしれない」

高坂は新聞部特製の教員一覧表を確認しながら答える。

「六年目なら、担任をもってもおかしくはないか」

ちなみに高坂取材によると、山浦先生が卒業したのは都内にある私立の音大で、専攻はフルート、家にはグランドピアノがあるらしい。

おそらく裕福な家のお嬢さまだ。

「これからは音楽がない日もみかりんの顔を見られると思うと、それはそれで悪くないな」

「江本は本当に年上に弱いね」

「ほれないように気をつけろよ」

岡島がニヤリと笑う。

江本は一年生の時も、教育実習にきた女子大生に熱をあげた過去があるのだ。

「わかってるって。おれだっていつまでも子供じゃないんだぜ」

江本は照れくさそうな顔で味噌汁をぐいっと流し込んだが、あやしいものである。

三

昼食を終えると、瞬太はアルバイト先の陰陽屋へむかった。

陰陽屋がある森下通《もりしたどお》り商店街は、飛鳥山公園から王子稲荷神社、そして名主《なぬし》の滝《たき》へと続く桜のゴールデンルート上にあるため、普段よりも人通りが多く、はなやいでいる。

地下一階に陰陽屋が入っているビルの階段を、中ほどまでおりたところで、ドアごしに話し声が聞こえてきた。

瞬太は化けギツネなので、普通の人間よりも聴覚がすぐれているのだ。

一人の声は陰陽屋の店主である安倍祥明《あべしょうめい》、もう一人は聞き覚えのない若い女性の声である。お客さんだろうか。可愛《かわい》らしいが、ちょっとかん高い、いわゆるアニメ声だ。

瞬太は、話の邪魔をしないように、そっとドアをあける。

「あっ、来た！」

店の奥のテーブル席についていた少女が、目ざとく瞬太を見つけ、さっと立ち上がった。

おそろしくスカート丈が短い。

「あなた、沢崎瞬太でしょ!?　とぼけても無駄よ、裏はとれてるんだから」

「えっ、裏!?」

いきなりフルネームで呼び捨てにされ、しかも、見おろされて瞬太は面食らった。

とにかく背が高い。たぶん百七十近くある。腰の位置が高い、いわゆるモデル体型だ。髪はゆるくウェーブのかかったセミロングで、両方の耳の上は編み込みになっている。ていねいにカールさせたまつげに、つやつやのリップグロスをぬった唇。

何となく見覚えがあるような気もするが……？

「沢崎瞬太！　このあたしが飛鳥高校に入学するからには、これ以上、フミ兄《にい》に甘えるのは許さないから、そのつもりでねっ！」

少女はひとさし指をビシッと瞬太の鼻先につきつけた。爪には華やかなネイルアートがほどこされ、透明や赤のストーンがきらきら輝いている。

化粧こそしていないが、おしゃれに命をかけていることは間違いない。

「え、フミ兄？　誰？」

「いるだろう、いつもキツネ君の世話をかいがいしく焼いてくれる男で、名前にフミがつくやつが」

瞬太がまごついていると、テーブルに片肘《かたひじ》をついた祥明が助け船をだしてくれた。いつもの白い狩衣《かりぎぬ》姿の祥明は、椅子に腰をおろしたまま、面白そうに二人のやりとりを見物している。

藍青《らんせい》の指貫《さしぬき》に、長い黒髪。銀縁眼鏡さえなければ、少女漫画やアニメにでてくる陰《おん》陽師《みょうじ》そのものだ。

「えっ、名前にフミ？　全然思いつかないんだけど」

「ひどい、名前も覚えてないような奴の面倒をみさせられているなんて、フミ兄ってば本当にかわいそう……！」

少女は大きな黒い瞳で、瞬太をキッとにらみつけた。

「祥明、もったいぶらずに教えろよ」

「この娘《こ》の顔に、黒縁眼鏡を想像してみろ」

モデルばりの小さな顔に、黒縁眼鏡？

いや、こんな小顔の男の知り合いはいない。

だがこの賢そうな黒い瞳には見覚えがある。

それに、この長身。

「……まさか、委員長？　でも、委員長は高坂だし」

「高坂史尋よ、フ・ミ・ヒ・ロ！」

「あっ、そうか、下の名前は史尋だっけ。ということは、つまり、君は委員長の妹？」

「そうよ、あたしは高坂奈々《なな》よ」

奈々は肩にかかる髪をはねあげると、つんと鼻をそびやかした。

雰囲気が委員長とは全然違うのでなかなか気づかなかったが、あらためて見直してみると、たしかに顔立ちが似ているかもしれない。

それに、たしか委員長の家は美容院だ。

妹がやたらにおしゃれなのは、その影響もあるのかもしれない。

「君のことは委員長からいろいろ聞いてるよ。えーと、たしか王子稲荷の携帯ストラップを愛用してるんだよね？　天然石にかわいい狐の絵入りのやつ」

「まあね」

「それから……」

瞬太は三秒ほど沈黙した。

「王子稲荷の携帯ストラップをつけてるんだよね」

「それだけ？」

「……とりあえず、今思い出せるのはそれだけかな」

「ふーん」

奈々は思いっきり冷ややかな視線で瞬太を見おろす。

「頭が不自由なんだ。かわいそ！」

「う」

はっきり頭が悪いと言ってくれた方がましな気がする。

「ええと、奈々ちゃんは飛鳥高校に入学するの?」

「当然でしょ。これ以上、沢崎瞬太がフミ兄に迷惑をかけるのを阻止するんだから!」

「そ、そうなんだ……」

「首を洗って待ってらっしゃい」

奈々はかわいらしい声で古めかしい捨て台詞《ぜりふ》をはくと、わざと大きな音をたてて黒いドアを閉め、立ち去った。

瞬太は両手で耳をおさえる。

「ああいうのを、小型犬のようにキャンキャン吠えるっていうんだな。兄と違ってかわいいものじゃないか」

祥明は他人事《ひとごと》なので涼しい顔だ。

「うう、まだ耳がキンキンするよ。そもそも、いったい何をしに来たのか、よくわからなかったんだけど」

「実にわかりやすい宣戦布告だったと思うぞ。兄さんは自分のものだ、おまえには渡さない、って。相当なブラコンだな」

「ブラコン？」

「お兄ちゃん大好きってことさ。メガネ少年のことだから、家でもかいがいしく妹の面倒をみてやってるんだろう。弟もいるんだったか？」

「うん、妹と弟が一人ずついるって聞いた気がする。でも宣戦布告って？　学校で何かしかけてくる気かな？」

「放っておいても平気だろう。実力行使にでてくるようなことがあったら、それこそメガネ少年がとんでくるだろうさ」

「そうだよね」

瞬太はほっとして、うなずいた。

「それよりキツネ君には、もっと心配すべきことが他にあるだろう？」

「う」

祥明の言葉に瞬太はドキッとした。

「単位のことなら、もういいんだ。諦《あきら》めが肝心だよね……」

そう言いながらも、なんとなく斜め下に視線をそらしてしまう。

「ついに卒業を断念したのか。だが一人だけ二年生に戻されたら、さすがにきついいんじゃないか？」

「あ、そのことなら、担任の先生がかわったから、去年ほどうるさくないかもしれない」

「あいかわらずラッキーだな。お稲荷さまのご加護が発動したとみえる」

祥明はあきれ顔で新しい空色の扇をひろげる。

「江本にも同じこと言われたよ」

「だが他にも心配ごとはあるだろう」

「まあな」

瞬太は椅子に腰をおろすと、大きなため息をついた。

「春休みの間に、また委員長の背が伸びてたんだ。江本と岡島も。岡島はどっちかっていうと横に成長してたけど」

高坂も、江本も、岡島も、みんなこの二年間で背が伸びたのに、自分だけが置いていかれている気がする。

春の身体測定で、少しは伸びているといいのだが。

「がんばって牛乳飲んでるんだけど、本当にきくのかな？　祥明も高校生の時、牛乳飲んでた？」

瞬太は頬《ほお》づえをつくと、うらやましそうに祥明を見る。高坂もだいぶ背が伸びたが、祥明にはまだ追いついていない。

「牛乳も時々は飲んでいたが、もともと父も祖父も長身だし、牛乳のおかげで背が伸びたという印象はないな」

「遺伝の力か。努力しなくてもどんどん伸びるやつはいいよな」

「あたかも血のにじむような努力を重ねているかのごとき愚痴《ぐち》はよせ。せいぜい牛乳を毎日コップ一杯か二杯飲んでるだけだろう？」

「……うん」

そう言われてはぐうの音《ね》もでない。

「そんなことよりも、もっともっと心配すべきことがあるだろう？　それとももう忘れたのか？　月村《つきむら》さんの言っていたこと」

「それは……」

扇の先で鼻の頭をつつかれ、瞬太は困り顔でうつむいた。

四

あれは三月下旬のことだった。

祥明と瞬太、そして葛城《かつらぎ》の三人で、国立《くにたち》の安倍家を訪ね、化けギツネの中の化けギツネと称される月村颯子《さつこ》に会ったのだ。

葛城は、祥明がホストとしてつとめていたクラブドルチェのバーテンダーなのだが、なんとこの男も化けギツネで、ずっと颯子を捜していたのである。

ようやく会えた颯子は、なんと祥明の両親の旅友だちで、しかも、瞬太が修学旅行でハワイに行った時のガイドのキャスリーンでもあった。

だが驚いたのは、それだけではない。

「一目見てわかったわ。あなた、目の色がお母さんにそっくりね」

「えっ……!?」

颯子の言葉に、瞬太は息をのんだ。

「おれの母親を知ってるの……?」

「たぶんね。葵呉羽《あおいくれは》。あたしの姪《めい》よ」

颯子が言うと、葛城ははっとしたようだった。

「呉羽さま……!?　そう言えば、瞬太さんの目は、呉羽さまと同じ色ですね！」

「ええ」

颯子と葛城にじっと目を見つめられ、瞬太はどきりとする。

いよいよ母親がわかるのか……!?

緊張で、自分の鼓動が速く、大きくなるのを感じる。

「まさか呉羽さまにこんな大きな子供がいらっしゃったとは知りませんでした」

「あたしもよ」

颯子は微妙な角度で眉をあげた。

「えっ!?　でも、呉羽さまは瞬太さんの母親なんですよね!?」

「だから、たぶんって言ったでしょ」

葛城はとまどい顔で、三回ほど口を開けては閉じる。

「……もしや、根拠は目の色だけなのでしょうか？」

「そうよ。十分でしょ？」

「え……はい……」

颯子に気圧《けお》されて、葛城はあいまいにうなずくが、それはどうだろう、という空気があたりに漂《ただよ》う。

「姪の呉羽さんご本人と、連絡はとれますか?」

見かねた祥明が颯子に尋ねた。

目の色で判断することの是非をここで議論しても仕方がない。

「そうですね、ご本人に直接お尋ねするのが確実ですね。私は久しく呉羽さまにはお目にかかっていませんが、今、どうしていらっしゃるのでしょう? 東京にお住まいですか?」

葛城も祥明と同意見のようである。

「今? 今は……」

颯子は記憶の糸をたぐりよせているようだ。

「そうそう、たしか最近、結婚したんじゃなかったかしら」

「えっ!?」

母親かもしれない女性が最近結婚したと聞いて、瞬太は驚く。再婚だろうか。

「初耳です。ここ一、二年のことですか？」

葛城もかなり驚いた様子だ。

「そこまで最近じゃないわ。だいたい十七、八年前かしら」

「最近……？」

瞬太は首をかしげる。

「結婚しました、というはがきが送られてきたの。でもその後、さっぱり音沙汰がないから、そろそろ様子を見に行かないと、とは思っていたんだけど」

どうも颯子は、時間感覚が普通の人間とは違うようだ。

「十七、八年前ということは、キツネ君が生まれた頃ですね。子供ができたのを機に結婚を決めたのだとしたら、時期的にはぴったりあいます」

祥明の指摘に、瞬太ははっとした。

ということは、やはり呉羽という人が母親なのかもしれない。

そしてその時、結婚した相手が、父親……？

目の色しか根拠がないと聞いて、一度は颯子の話を疑ったが、ここにきてがぜん真実味をおびてきた気がする。

一度はしぼんだ緊張感がよみがえってきた。

今度こそ、ついに母親がわかるのか!?

「月村さん、呉羽さんのはがきを見せてもらえますか？　住所や結婚相手の名前が書かれているはずですよね」

祥明の問いに、瞬太の手はじっとりと汗ばんだ。

しかし。

「もちろん、とってないわ」

颯子はきっぱりと答えた。

「…………」

安倍家の応接室はしんと静まり返る。

「何か文句でもある？　あなたは十八年前のはがきを全部とってあるとでもいうの？」

「いえ」

「そうでしょう」

颯子は満足げにうなずいた。

「葛城さんは、呉羽さんの目の色を知っているくらいだし、面識があるんですよね？」

　祥明は颯子から呉羽の連絡先を聞きだすのを諦めたようだ。

「はい。でも、最後にお会いしたのは二十年以上前です。その頃、呉羽さまはまだ独身でいらっしゃいました」

「結婚しましたはがきは、葛城さんのところにはこなかったの？」

　瞬太の問いに、葛城はうなずいた。

「もしかしたら私が忘れただけかもしれませんが、おそらくいただいてないと思います」

「誰か、呉羽さんの連絡先を知っていそうな人はいないの？」

「あ、佳流穂《かるほ》さまならご存じかもしれません」

「佳流穂さま？」

「颯子さまのお嬢さまで、呉羽さまの従姉《いとこ》にあたられます。佳流穂さまと呉羽さまは年齢も近く、親しくしておられましたよね？」

「ああ、そうね、佳流穂なら呉羽の連絡先を知ってるかもしれないわ」

　颯子も同意した。

「ただ問題が一つあって」

颯子はしかつめらしい様子で、腕を組んだ。

「何でしょう?」

「佳流穂もここのところ、どこで何をしているのかわからないのよね。かれこれ五年くらい音沙汰がないわ」

「ええっ!? 月村家って一体どうなってるの!?」

声にだして文句を言ったのは瞬太だけだが、祥明も口もとがひきつっている。

「おそらく颯子さまが香港《ホンコン》やハワイを転々とされていて、連絡がとれなかったのではないでしょうか。私も颯子さまにお目にかかるまで、何年も捜しましたし……」

葛城がため息まじりに言う。

そう言われれば、葛城に颯子捜しを依頼されて、長いこと陰陽屋にも写真が貼りだされていたものだ。

「あら、あたしのせい? 心外ね」

颯子の反応に、全員が、あなたのせいですよ、と、心の中でつっこんだのであった。

五

静まり返った安倍家で、最初に立ち直ったのは祥明だった。

「佳流穂さんの他には、呉羽さんの連絡先を知っていそうな人はいませんか？　あるいは呉羽さんが結婚報告のはがきをだしそうな人に心当たりは？」

「もしかしたら、呉羽さまは、兄に、結婚を知らせるはがきをだされたかもしれません」

葛城が顔をあげる。

「亡くなられたお兄さんですか？」

「はい。兄の燐太郎《りんたろう》は颯子さまにお仕えしていたので、娘の佳流穂さまや姪の呉羽さまにお目にかかる機会も多かったようです」

「そうね、燐太郎になら呉羽は結婚を知らせたかもしれないわ」

颯子もうなずく。

「兄の部屋は、今でもそのままにしてあるので、もしかしたら遺品の中に呉羽さまからのはがきが残っているかもしれません。近々実家に戻って探してきます」

「よろしくお願いします」

「お、お願いします！」

瞬太も慣れない敬語で、ぺこりと頭をさげた。

「そもそもあの几帳面《きちょうめん》な燐太郎が生きていたら、呉羽の連絡先もきっとひかえていたはずなのに、どうして酔っ払って川に落ちたりなんかしたのかしら」

颯子は残念そうにかぶりを振る。

十八年前、葛城燐太郎は水死体で発見されたのだ。

「颯子さま、ずっとお目にかかってお尋ねしたかったことがあります。兄は本当に酔っ払って川に落ちたのでしょうか？」

葛城はこの問いのために、ずっと颯子を捜していたのだ。

はるばる香港にまで足を運んだこともある。

「違うの？　あたしはそう聞いたのだけど」

「颯子さまは兄の死について、詳しいことをご存じないのですか？」

「燐太郎はあの日、休暇であたしのそばを離れていたのよ」

「そうですか……」

葛城は落胆した様子で、そっと目を伏せた。

「でもどうしてそんなことを聞くの？」

「兄は……泥酔して川に落ちたとは思えません。兄の水死体には、尻尾がでていなかったんです……！」

「尻尾がでていなかった？」

颯子は魔女のように眉を複雑な角度にうねらせ、親指と人差し指で顎《あご》をつまんだ。

「それはたしかに変ね」

「変なのか……」

祥明がぼそりとつぶやく。

「僕の化けギツネの友人も、酔っ払った時はたいてい尻尾をだしていたものだよ」

それまで黙って会話に耳をかたむけていた安倍柊一郎《しゅういちろう》が、はじめて口をひらいた。ゆったりとソファに腰かけ、おだやかに微笑んでいる。

「あなたは……？」

颯子がいぶかしげな表情をする。

「僕は安倍柊一郎。ここにいるヨシアキの祖父で、優貴子《ゆきこ》の父です」

「あら、優貴子ちゃんの。はじめまして」

そう言いながら、颯子は首をかしげた。

「……いいえ、どこかで会ったことがあるかしら？」

颯子はじっと柊一郎の顔を見つめる。

記憶巣のどこかにひっかかったらしい。

「半世紀以上前、僕の友人の篠田《しのだ》をあなたが訪ねてきた時に廊下で。その頃はまだ学生で、名字も安倍ではありませんでしたが」

「柊一郎……。そういえば、篠田から何度か名前を聞いた覚えがあるわ。同じアパートの貧乏学生と友達になったって」

ちなみに瞬太の祖母である初江《はつえ》も幼い頃そのアパートで暮らしており、篠田が化けギツネであることを知っていた。

とにかくガードがゆるい男だったようだ。

瞬太もまわり中にキツネ体質のことを知られており、他人のことは言えないが。

「篠田はまだ存命ですか？」

「彼は三十年ほど前に、事故で亡くなりました」

「そうですか」

柊一郎は静かにうなずいた。

「じいちゃん……」

瞬太は心配そうな視線をおくるが、柊一郎の表情は穏やかだった。

「大丈夫だよ。僕くらいの年齢になると、昔なじみの訃報は聞き慣れているからね」

柊一郎は、瞬太の頭に優しくてのひらをのせたのだった。


安倍家で颯子に会ってから、十日以上がたつ。

瞬太はずっと呉羽の情報を待っているのだが、今のところ葛城からは何の連絡もなく、宙ぶらりんの状態が続いている。

瞬太は、ふう、と、ため息をついた。

「結局、呉羽さんがおれの母親かどうか、全然わからないんだよね？」

祥明は空色の扇を頬にあてて、まあな、と、うなずく。

「颯子さんの話だけでは、何とも言えないな」

「プリンのばあちゃんの時もさ、家出した娘におれが似てるから孫じゃないかって話を真に受けて、本気で焦《あせ》ったんだけど、結局、全然違ってたんだよね」

あの騒動は、瞬太が中学三年生の時だった。

「そんなこともあったたな。あの時は似ている上に、娘が家出した時に妊娠していたからきっと孫に違いない、なんて自信満々に言われたものだから、今回より信憑性が高かったんだが、結局想像妊娠っていうオチだったし」

「あー、だめだ、母親は見つかるんだろうか、やっぱり今度も違うんだろうか、とか、ぐるぐる考えていると……ものすごく眠くなるな！」

瞬太は考えごとをはじめると、途端に眠気におそわれるという特異体質なのである。

「職場で寝るな」

祥明は扇を閉じて、瞬太の頭をぺしっとはたく。

「わかってるよ。着替えてくる」

瞬太は立ち上がって店の奥にある休憩室へむかうと、仕事着の童水干《わらべすいかん》に着替えた。三角の耳とふさふさの尻尾をだす。瞳は金色をおびたトパーズ色だ。

瞬太はロッカー扉の内側についている鏡をのぞきこむ。

目の色が同じ、と、颯子が言っていたのは、こちらの瞳の色だろうか。

でも、安倍家はもちろん、ハワイでも、颯子の前でキツネ目になったことはないはずなのだが。

とはいえ、普段の茶色の目だと、祥明や委員長よりもちょっと明るいだけだから、特に珍しくない気がする。

やっぱり颯子の言うことはいまひとつ信用ならないな、と、瞬太は結論づけると、ロッカー扉をバタンと閉めた。

「よし、着替え完了。今日も階段に桜の花びらが落ちてたから、掃除してくる」

ほうきを手に持ち、祥明に声をかける。

「言われてみれば、その童水干、おまえが中三の時から着てるけど、ちっとも小さくならないな」

「うっ」

「サイズ直しにだす手間がはぶけて助かるよ。ずっとその体形でいいぞ」

「絶対大きくなって、おまえを困らせてやる！」

瞬太は鼻息も荒く宣言すると、いきおいよく階段をかけのぼっていった。

六

夜八時に陰陽屋が閉店すると、瞬太は自宅まで歩いて帰った。

だいぶ冷えこんできたが、音無橋《おとなしばし》のあたりで宴会をしている人たちの楽しそうな声が聞こえてくる。

道路のあちこちに花びらが落ちているが、王子稲荷の桜だろうか。

家が近づくと、沈丁花《じんちょうげ》のさわやかな香りがただよってきた。瞬太が小さかった頃、迷子防止のために母のみどりが庭に植えた香りの強い草木のひとつだ。

次に瞬太を出迎えてくれるのは秋田犬のジロ。

瞬太の足音が聞こえると、むくりと立ち上がり、ちぎれんばかりに尻尾を振りながら吠えはじめる。たぶん「おかえり」と言ってくれているのだろう。

玄関近くまで行くと、父の吾郎がつくっている晩ご飯の美味《おい》しそうな匂いが、瞬太の胃袋を刺激する。

今日は鍋《なべ》料理だ。

「ただいま」

ドアをあけ、瞬太が声をかけると、吾郎とみどりがほぼ同時に「おかえり」と答えた。

看護師のみどりは夜勤で家をあけることも多いのだが、今日は日勤だったようだ。

瞬太がダイニングキッチンをのぞくと、鼻で感知した通り、テーブルの真ん中にはカセットコンロと鍋がのせられていた。

「今日は何の鍋？」

「あじのつみれのちゃんこだよ。もう食べられるから着替えておいで」

エプロンをかけた吾郎が、味見をしながら満足げにうなずく。

弁当はもちろん、夜も青魚がでない日はないのだ。よくメニューのやりくりが続くものである。

鍋をかこみながら、クラス担任の先生がかわったことを話すと、みどりは満面の笑みをうかべた。

「良かった！　母さんね、正直、去年の先生は苦手だったのよ。何かって言うと瞬太を落第させようとするし。厳しいを通り越して冷たかったと思うの」

二年生の時、みどりと井上先生は、三者面談のたびに激しいバトルをくりひろげていたものである。

「井上先生なりに、瞬太が授業についていけないことを心配してくれてたんだろうけど、正直、父さんも苦手だったな」

吾郎もほっとした様子だ。

瞬太はありとあらゆる先生が苦手だが、忍耐強いみどりと吾郎がここまで言うのは珍しい。

沢崎家にとっては、不熱心でずぼらな先生の方がありがたいというのが身にしみた一年間だった。

「でもどうしてそんなに急に退職したのかしら？　定年まであと一、二年じゃなかった？　転職するにしても、退職金を満額もらって辞めるのが普通じゃないの？」

「さあ。病気でも見つかったのかな？」

あつあつの白菜をふーふーふきながら、瞬太は適当に思いつきを口にする。

「宝クジで一億円あたったとか？」

「今頃は豪華客船で世界周遊中？　それは素敵でいいわね！」

みどりは明るく笑いとばした。

「それで新しい担任の先生はどんな感じの人？」

「お金持ちのお嬢さんっていう噂だよ。いつもひらひらした服を着ていて、顔もかわいいし、男子には人気があるかな。ただ、見た目はおっとりしてるけど……」

「中身は違ったの？」

「ホームルームの間中ずっと、おれが居眠りしないか、目の前で見張ってた」

つみれをすくって小皿にとろうとしていたみどりの手が止まる。

「今年も厳しい先生なの……？」

「うーん、真面目《まじめ》な感じ？」

「一年生の時に担任だった只野《ただの》先生みたいなタイプ？」

只野先生は、真面目で熱心な教師で、やはり瞬太の居眠りを阻止しようとむなしい努力を続け、結局は空振《からぶ》りに終わったのだった。

「只野先生とは全然違う気がする。何て言うか……、まだよくわからない」

「はっきりしないわねぇ」

「委員長だったら、もっとさらさらと説明できるんだろうけど」

中学生の時から新聞部にいる高坂は、文章力はもちろん、観察眼も分析力も瞬太とは比べものにならない。

「高坂君や店長さんは別格。普通の男っていうのは口下手《くちべた》なものさ」

瞬太が言葉につまっていると、見かねた吾郎が助け船をだしてくれた。

「父さんは、また、すぐそうやって瞬太を甘やかすんだから」

「そんなことないよ。普遍的な真理ってやつだ」

な、瞬太、と、吾郎が言う。

まあいいわ、と、みどりは肩をすくめる。

「それで、その、陰陽屋さんの方はどうなの？」

「いつも通り暇だよ」

「そういうことじゃなくて」

みどりは二秒ほど黙ってから、話を続けた。

「祥明さんの知り合いの、葛城さんから連絡はあった？」

精一杯さりげなく振る舞っているが、箸を握る右手が、かすかに緊張している。

吾郎は無言だ。

二人には、颯子から聞いた話は伝えない方が良かっただろうか。

だが、たいていの隠し事はみどりに見破られてしまうので、下手に黙っていると、かえって大事《おおごと》になってしまうのだ。

「ううん、全然なし」

「あら、そう」

みどりの右手から、すっ、と、力が抜ける。

「なかなか実家まで帰る時間がとれないのかも。ドルチェは土日も営業してるし」

葛城がバーテンダーをしているクラブドルチェにも定休日はあるが、週に一日だけなので、実家は日帰りできない場所なのかもしれない。

「葛城さんのご実家は遠いの？」

「わからない。聞くの忘れた」

「相変わらず頼りないわねぇ」

鍋にうどんを投入しながらみどりは苦笑いする。

「早くお母さんが見つかるといいわね。いつも言ってるけど、生みのお母さんがわかったら、あたしたちには遠慮しないでいいのよ。その人と会いたいとか、暮らしたいとか思ったら、迷わずそうしてちょうだい」

　みどりの言葉に、吾郎もうなずく。

「わかってる。でも、今回も勘違いっぽいんだ」

「そうなの？」

「うん」

　瞬太は二人の優しい視線を感じて苦しくなり、どうしていいのかわからなくなって、目の前にあった冷めたつみれをふーふー吹いてごまかしたのであった。

七

　翌日はよく晴れたお花見日和《びより》だったが、瞬太にとっては、重苦しい朝だった。

　朝のホームルームで、山浦先生は最初から瞬太にはりついたのである。

「おはよう、みんな」

　にこやかに挨拶しながら、瞬太への鋭い覚醒《かくせい》チェックをおこたらない。

　一瞬でもうとうとすると、肩をゆすりながら、「沢崎君、聞いてる？」と声をかけてくるのだ。

朝だけではない。

帰りのホームルームでも先生は瞬太にはりついた。

そして週がかわり、月曜になっても、山浦先生のはりつきチェックは続いたのである。

「まいったなぁ、みかりんの監視はいつまで続くんだろう」

吾郎の手作り弁当をひらきながら、瞬太はぼやいた。いわしのマヨ唐揚げとポテトサラダとアスパラベーコンがきれいにつめられている。

今日はいつも通り、校舎の屋上で昼食をとることにしたのだ。頬をなでる暖かい風が心地よい。

「山浦先生、頑張ってるよね。初担任だから肩に力が入ってるのかな？」

熱意だけは買うけど、と、高坂は苦笑いした。

手に持っているのは、エビとサーモンとクリームチーズをサンドしたバゲットだ。

「チョークを投げて命中させるだけの技術がないんじゃね？」

岡島は購買の肉巻きおむすびを頬張りながら、クールに評する。年上でも年下でも女なら何でもいい、と、公言している岡島だが、意外に厳しい。ちなみに早弁をしたので、二度目の昼食である。

「いいなぁ、沢崎はみかりんにいっぱいボディタッチしてもらってさ。五分に一回は肩をゆすってもらってるよな」

おれもホームルーム中、寝ているふりをしてみようかなぁ、と、うらやましそうにぼやいたのは江本だ。

江本も早弁組なので、スパムのおにぎりである。

「まあ、いくら沢崎にはりついても、無駄な努力に終わると思うけどね」

「それは間違いないな」

「かわいそうだけど仕方ないよ」

「そうだね」

高坂の結論には、瞬太も含め全員がうなずいたのであった。

瞬太にとりついている睡魔は筋金入りで、先生に見張られているくらいで退散するような、やわなヤツではないのだ。

「あーっ、こんなとこにいたー！」

「えっ⁉」

瞬太がかん高い声のした方をふりむくと、そこに立っていたのは高坂の妹、奈々だった。

陰陽屋で会った時とはまた違う、複雑な編み込みを駆使した髪形をしている。毎朝自分でせっせと編んでいるのだろうか。

そういえば、店はあたしが継ぐから、と、妹が宣言していると聞いたことがあった。どうりでやたらとおしゃれなはずである。

「いくら食堂を捜してもいないと思ったら、こっそりこんな所でお昼を食べてたなんて！　ずるいよフミ兄」

奈々は高坂のそばにかけよってきて、つやつやの唇を尖《とが》らせ、左腕をぎゅっとつかむ。

今日は制服を着ているせいもあり、ひどく子供っぽく見える。背は高くても、心はまだ甘ったれの中学生なのだ。

「えっ、誰？　一年生？」

江本がびっくりして高坂に尋ねた。

「ごめん、妹の奈々」

高坂は珍しく、困り顔でため息をつく。

「へぇ、かわいいじゃん」

岡島はヒュウと口笛を吹くが、瞬太はそれどころではない。

「あっ、やっぱり沢崎なんかと一緒に食べてる！」

高坂のかげにかくれてやりすごそうとしたが、やはり見つかってしまった。

「先輩にむかって呼び捨てはだめだよ、奈々」

「じゃあ沢」

「なぜ縮めるの……」

「だってこいつ、フミ兄に毎日迷惑かけてばっかりなんでしょ？」

「そんなことはないよ」

瞬太はドキッとするが、高坂は笑顔で否定した。

「昼休みや移動教室のたびにフミ兄がおこしてやってるって、学校中の評判だよ。一年生にも届くくらい。小学一年生でもそこまでダメなやつって、そうそういないよね」

奈々の言葉はすべてあたっているだけに、瞬太の心をぐりぐりえぐる。

それにしても入学したての一年生にまで、自分のだめだめぶりが知られているなんて……。

「それくらい、迷惑というほどのことでもないから」

「んもう、フミ兄は甘すぎるんだよ」

奈々はくるりと瞬太の方をむき、またもひとさし指を鼻先につきつけた。

「フミ兄は高校三年生なんだから！　受験生にこれ以上甘えないでよねっ！」

「沢崎だって三年生だよ」

指さしはやめなさい、と、高坂は奈々の手に自分の手をのせて、おろさせる。

「どうせ大学は受験しないんでしょ？」

「うん」

中学生の心をもつ奈々の容赦ない追及に、瞬太は小さくうなずく。

「就活はしてるの？」

「卒業できるかどうかもわからないのに、就職先なんて探しても……」

「えー、それとこれとは別問題だよ。働きたくないだけなんじゃないの？　永遠に高校生だったら楽ちんだもんねっ！」

奈々はかわいい声で、ざっくりと瞬太の心を切りさいたのであった。

八

「そ、そんなつもりは……」

瞬太はいつもの言い訳を全否定されて、愕然《がくぜん》とした。

頭の中が真っ白になって、反論がまったく思いうかばない。

働きたくないだけ？

永遠に高校生だったら楽ちん？

そんな……でも……。

「ごめん、沢崎。とにかく奈々はもう自分の教室に帰って」

「えー」

兄に背中を押され、奈々はしぶしぶ一年の教室に戻って行った。

「さすがは委員長の妹、鋭い切り返しだったな。クールな外見と熱いハートのギャップにほれぼれするぜ。それに実にいい脚をしてた」

岡島は腕組みをして、顎をなでる。

「かわいいけどさあ……」

江本はきっと心の中で、女性は優しい年上に限る、と、再確認しているに違いない。

「就活、した方がいいよね……」

瞬太はしょんぼりと肩をおとした。

奈々に言われたことはことごとくあたっている気がする。

自分は受験生の高坂に甘えすぎかもしれない。

「妹の言うことは気にしないで。沢崎は中三の時から陰陽屋さんでアルバイトしてるし、誰よりも働き者なのは、僕たちよく知ってるから」

「むしろ、就職したくないから大学に行こうとしているおれよりも、百倍働き者だよ！」

江本は自分の言葉に、うんうんとうなずく。

「江本と岡島も大学行くんだっけ……」

「どこか受かればだけど。うちは三人兄弟だし、浪人はさせられないって親に言われてるから、落ちたら専門学校かな」

江本は三人兄弟の真ん中なのである。

「沢崎だってすげえ運動神経の持ち主なんだから、倉橋みたいにスポーツ推薦狙ったらいいんじゃね？」

岡島が発した聞き慣れぬ言葉に、瞬太は首をかしげた。

「スポーツ推薦っていうのがあるの？」

「特待生なら学費も免除らしいぜ」

「そうなの⁉」

自分にもみんなと一緒に大学生になれるという可能性があるのか、と、瞬太は少し嬉しくなった。

「でも、正体がばれるとまずいから……。それに、勉強が嫌いなのに大学行っても、つらいだけだし」

「だよな」

本気のキツネジャンプや疾走を披露《ひろう》したら、普通の人間ではないことがばれてしまう。幼い頃からみどりにかたく禁止されてきたことだ。

「どうせみんなそれぞれ違う大学に行くんだから、沢崎だけが寂しがることはないさ」

江本にぽんぽんと肩をたたかれ、瞬太は、うん、と、うなずいた。

「ひらめいた」

岡島はいきなり言うと、パチンと指をならす。

「万一高校を卒業できなくて中退ってことになっても、就職させてくれそうなところを探すってどうよ？　たとえばラーメン屋とか。学歴なんかなくても、腕一本で勝負できるぞ」

「それだ！　さすが岡島、大人の意見だな！」

瞬太は目をきらきらさせて、岡島の案にとびついた。

「いくら岡島がラーメン好きだからって、沢崎にすすめることはないだろう。沢崎もまずは、みんなと一緒の卒業をめざそうよ」

「もちろんそれが理想だけどね」

高坂があきれ顔で反対するが、瞬太はすっかり岡島案のとりこだ。

「今度、食堂の山田《やまだ》さんに話を聞きに行くといいぜ」

岡島のすすめに、瞬太は首をかしげる。

「誰だっけ？」

「さすらいのラーメン職人」

「ヘッ？　さすらいの？」

瞬太がとまどい顔できき返すと、高坂が解説してくれた。

「ここ半年くらいかな？　食堂でいろんな新ラーメンがでるようになったけど、何かきっかけはあったのかなと思って、先週の土曜日の放課後、僕と岡島で取材させてもらったんだ」

いつもは幽霊部員の岡島も、ラーメンの取材と聞いては黙っていられなかったようだ。

「山田さんっていう麺好きのアルバイトさんが入ったっていうだけだったけどね。この人が新作をいろいろ考えてくるらしい。で、その山田さんが、新聞部の取材に応じるかわりに、新作ラーメンの感想を聞かせてくれって」

「おれの評価は厳しいっすよ、って言ったら、ちょっとびびってたけどな」

岡島はニヤリと笑う。

「以前、上海亭《シャンハイてい》でも修業したことあるって言ってたから、僕たちはさすらいのラーメン職人山田さんってよんでるんだ」

「沢崎はいつも弁当だから気づいてないだろうけど、けっこうチャレンジングなラーメンもだしてくるよ。きつねラーメンとか、たぬきラーメンとか」

江本も山田さんのファンらしい。

「餅入りの力《ちから》ラーメンはかなり微妙だったな」

「カレースープはけっこういけてたぜ」

男子たちのラーメン談義は、熱く盛り上がったのであった。


その日の午後は、瞬太の心のようにはればれとした明るい春空だった。

あたたかな南風にのって、綿菓子のようなもこもこした雲がゆっくりと流れていく。

「沢崎君！」

山浦先生が遠くでおれをよんでいる。

気がするけど。

ねむい……

かも……

結局、先生に間近で見張られているという緊張感で瞬太がおきていられたのは、最初のうちだけだった。

早くも二日目から、しばしば意識が遠のくようになっていたのだが、ここにきて、先生の声をまったく気にせず、熟睡できるようになってしまったのである。

九

翌日は朝から花曇りだった。

まぶしくもなければ寒くもない、昼寝に最適の天気である。

「おい、沢崎、まずいよ、おきないと」

「ん、もう昼休み……?」

いつものように高坂に肩をゆすられ、ねぼけまなこで顔をあげると、正面に山浦先生が立っていた。

「沢崎君、目はさめた?」

声は優しいが、笑顔がこわばっている。

「あ、うん」

口の端っこについたよだれを、手の甲でぬぐう。

壁にかかっている時計を見ると、まだ八時四十分だ。

どうやら一瞬にして熟睡してしまったらしい。

しまった、やっちゃったか。

ここはガミガミ怒鳴《どな》られても文句は言えない、と、瞬太が覚悟を決めた時。

「沢崎君……先生のことが嫌いなの……？」

「えっ⁉」

山浦先生は、瞬太のことを怒鳴りつけたりはしなかった。

それどころか、じわっと涙ぐんだのである。

「き、嫌いじゃないよ」

「本当に？」

「うん、本当に」

「良かったわ」

山浦先生はほっとしたように、うるんだ瞳でほほえんだ。

……困った。

どうしよう。

眠いけど、泣かれるのは困るし、でも眠い。

瞬太は途方に暮れたのだった。

その日の夕暮れ時。

灰色の雲の下、童水干姿の瞬太が、ふさふさの尻尾をゆらしながら陰陽屋の階段でほうきを動かしていると、最近よくかぐ匂いが近づいてきた。

このちょっとくせのある甘い香水は、たしか。

「みかり……じゃなくて、山浦先生⁉」

顔を上げると、予想通り、ピンクベージュのスーツに白いひらひらブラウスの山浦先生が、こちらにむかって歩いてきているところだった。

肩に革のバッグをかけているところだけが、教室と違う。

瞬太は両手でぎゅっとほうきの柄《え》を握りしめた。

「沢崎君、こんにちは……って、さっき学校で会ったばっかりなのに、こんにちはは変かしら？　噂には聞いていたけど、本当にキツネのコスプレでアルバイトしてるのね。そのもふもふの耳は本物？」

先生は三角の耳をじっと見つめる。

「ま、まさか、秋葉原《あきはばら》で買ってきたつけ耳だよ」

「そうなの？　よくできてるわね」

ふふっ、と、瞬太にほほえむと、先生は階段をおりはじめた。

たまたま近くを通りかかった、というわけではなく、陰陽屋が目的地のようだ。

「ままま待って、先生。一体何しに陰陽屋へ来たの!?」

瞬太は三段とばしで階段をかけおり、黒いドアの前にまわりこむ。

担任の先生が陰陽屋に突然あらわれるなんて、一年生の時以来である。あの時、只野先生にはアルバイト禁止令をだされそうになって、大変だった。

まさか、また……!?

「何って、お守りを買いに来たんだけど」

「え？」

「陰陽屋さんでお守りを買えるって聞いたから」

「あ、ああ、お守り。あるよ、いろいろ。まさか、おれが寝ないように……？」

「やだ、そんなんじゃないわよ。旅の安全のお守り」

それとも本当に沢崎くんにきくお守りがあるのかしら、と、おかしそうに先生は笑う。

「ああ、なんだ」

瞬太はようやくほっとして、黒いドアをあけ、先生を店内へ案内した。

「祥明、お客さんだよ。おれの担任の山浦先生」

「はじめまして、陰陽屋へようこそ」

祥明がさわやかな営業スマイルであらわれる。いつもの白い狩衣に藍青の指貫姿だ。

「陰陽屋の店主の安倍祥明です。うちのキツネ君がお世話になっています」

「本当に陰陽師の格好をしてらっしゃるんですね。噂に聞いてはいたんですけど、こうして見ると、お店も本格的だし」

先生は薄暗い店内をきょろきょろ見回す。

「祥明、先生は旅のお守りがほしいんだって」

「ご旅行ですか？」

「あたしじゃなくて、姉が出張で中国に行くことになったんです」

「ちょうどぴったりのお守りがありますよ」

きっと祥明の頭にはカモネギの図がうかんだにちがいない。

先週、ゴールデンウィーク特需にそなえて、旅行のお守りを大量につくったばかりである。

「こちらが当店特製の、旅の護符です」

祥明は護符を一枚、先生に手渡した。

「もしかして一枚一枚、墨で書いていらっしゃるんですか？」

「はい、心をこめて書かせていただいています」

「本格的なんですね！　ありがとうございます。きっと姉も喜びます」

先生は代金三千円を支払うと、笑顔で帰っていった。

「みかりん、本当に買い物だけして帰っていったな」

先生の足音が遠ざかっていったのを確認し、瞬太はほっとして肩の力を抜く。

「只野先生が来た時みたいに、いちゃもんをつけられなくて良かった」

「みかりん先生も買い物兼偵察だろう。あれこれ質問はしなかったが、おまえがどんなところでアルバイトをしているのか、一応、自分の目で確認しておきたかったんじゃないのか?」

「文句を言われなかったっていうことは、大丈夫だったってことなのかな?」

「おそらくは」

「まったくもう、心臓に悪いからやめてほしいな」

あー、緊張した、と、瞬太は自分の肩を握り拳でとんとんたたいた。

十

夜になって、雲のむこうにぼんやりと月が顔をだした。やわらかな光が、散っていく桜の花びらを白く照らす。

その夜の沢崎家のメニューは、さばの味噌煮と小松菜のおひたしに粕汁《かすじる》だった。

「今日、山浦先生が陰陽屋に来たんだ」

瞬太の報告に、吾郎とみどりの顔がこわばる。

「それで!?」

「説教されるかと思ったら、普通にお守りを買って帰っただけだった」

「あら、そうなの？」

二人は拍子抜けした様子だ。

「何か説教されるような心あたりでもあるのか？」

吾郎にきかれて、瞬太は、まあね、と、うなずく。

「ホームルームの間、つい熟睡しちゃってさ」

「ああ、いつものか」

「うん。単位たりないから二年に戻すっていうのは、今のところまだ言われてない。言われるとしても三者面談だろうし」

「三者面談ね」

みどりはちらりとカレンダーを確認する。今回も自分が行く気まんまんのようだ。

「瞬太は一応文系なんだっけ？」

「うん、江本が私立文系だからたぶんそうだね」

選択授業を決める時に、補習授業仲間の江本の選択を丸うつしして提出したのである。

「だからもう数学と理科をやらないでいいんだ。それだけでもすごく幸せな気持ちになるよ。どうせ授業中は寝てるんだけど」

「なんとか三月に卒業できるといいけどなぁ」

本人よりも吾郎の方が心配そうだ。

「それなんだけどさ、岡島がすごいことを思いついたんだ。高校中退でも大丈夫そうな就職先を探しておけばいいんじゃないかって。腕一本で勝負できるラーメン屋とか」

「な、なるほど、画期的なアイデアだな」

吾郎は面食らったような顔でうなずいた。

「それなら卒業できなくてもいいから安心ね……って言うと思った?」

みどりは首を横にふりながら、ため息をつく。

「え、だめ?」

「だめよ！　高校は卒業しておきなさいって、何十回言ったらわかるの!?」

「えー、就職しちゃえば、高校卒業でも高校中退でも関係ないんじゃないの?」

「瞬太は、中退でも就職できるって安心を手に入れた途端、すっかりゆるみきっちゃって、全然、まったく、さっぱり、勉強しなくなるでしょ!?　間違いなく二年に逆戻りよ」

「うっ……」

　さすがはみどり、痛いところをついてきた。

「実のところ、高校に行かなくても、ちゃんと自力で勉強できる人もいる。そういう人はいいんだよ、卒業してもしなくても。でも瞬太は絶対に勉強しないだろう？」

「ぐっ……」

　さらに吾郎がたたみかけてくる。

「たしかにラーメン屋さんやお寿司屋さんは腕がすべての職人の世界だから、学歴は関係ないだろう。でもそもそも、瞬太は料理に興味がないし、できないよね？　桂《かつら》むきなんて無茶ぶりするつもりはないけど、せめてりんごの皮くらいむけないと」

　吾郎の言葉に、瞬太は目の前が真っ暗になるのを感じた。

　りんごの皮むき……！

「……忘れてた。おれ、すごく無器用なんだった」

　たしかに吾郎の言う通りである。我ながら、うかつすぎだ。

「でも、就活しないと、委員長の妹が……」

「何のこと?」

みどりに問われて、奈々に、「働きたくないだけなんじゃないの?」と厳しく糾弾《きゅうだん》されたことを話した。

「おれ、永遠に高校生でいたいなんて、これっぽっちも思ってないんだけど、でも、たしかに将来について真面目に考えたこともなかったから、全然言い返せなくて……。でも今度の三月に卒業できるとも思えないから……」

「それで中退してラーメン屋さんか」

吾郎は半ばあきれ顔だ。

「うん。でも、りんごの皮もむけない……」

これですべてが解決だと思い、晴れ晴れとしていたあの瞬間が、遠い昔のように感じられる。

口から魂が半分ぬけてしまったような気分だ。

「よく考えたら、ラーメン屋さんでりんごの皮をむくことなんてないんじゃないかしら。ね、父さん?」

瞬太があまりにしょげかえっているので、あわれになったのだろう。今日はみどりが助け船をだしてくれた。

なんだかんだ言って、二人とも瞬太には甘いのだ。

「そうだな、りんごの皮むきはしないか。キャベツやタマネギが刻《きざ》めればなんとかなるかもしれない」

「家庭科の調理実習はいつも寝てるから……キャベツも……たぶん……」

自信なげに瞬太は答えた。

「練習してみるか？　たしかキャベツが半玉くらいあるから」

「いいの!?」

「料理人になるかどうかは置いといて、キャベツくらいは刻めないとこの先困ることもあるかもしれないからね」

「おれ、がんばってキャベツ刻みをマスターするよ！」

瞬太は右手のこぶしを胸にあてて、決意を表明する。

「ただし高校はちゃんと卒業すること。中退を前提にするのはだめだぞ」

「わかってるよ」

瞬太は大急ぎで夕食をかきこむと、張りきってまな板の前に立った。みどりから借りたエプロンをつける。

瞬太の右に吾郎が、左にみどりが立った。

「包丁は右手で普通に握ればいい。そうそう。ポイントはキャベツを押さえる左手だ。指を切らないように軽く丸めて。よし、キャベツを一センチ幅くらいで切ってみようか。急がないでいいから、同じ幅をめざしてみよう」

二人に見守られながら、瞬太はゆっくりとキャベツに包丁を入れていく。

春キャベツは柔らかいので、サクサク切れる。

「けっこう簡単？」

瞬太は顔を上げて、二人を見た。

「やればできるじゃないか」

「いい感じよ！」

二人が両側でほめてくれるので、瞬太は照れながらキャベツを切っていく。

今まで料理に挑戦したことは一度もないが、ひょっとしたら自分はむいているのかもしれない。

瞬太の顔が自然にゆるむ。

「よし、次はタマネギいってみようか。まずは真っ二つにして、平らな面をまな板に置くやり方でいこうか」

瞬太は言われた通り、タマネギを半分に切った。

その瞬間。

「ギャッ」

鼻と目からとびこんでくる鋭い刺激臭に、思わず包丁をはなす。

「いたたたたっ」

手で目を押さえるが、さらに痛みが激しくなる。

涙がだくだくとあふれだす。

「えっ、何⁉　もうタマネギが目にしみてるの⁉」

「タマネギをさわった手で目を押さえちゃダメだ！」

「あっ、そうか！」

しまったと思うが、もう遅い。

涙だけでなく、洟《はな》までてでてくる。

なまじっか鼻が鋭敏なせいか、ダメージも強烈だ。

慌《あわ》てて水道の下に顔をつっこみ、洗い流すが、なかなか涙は止まらない。

「そういえば、瞬太が小学生の時、やっぱりこんなことがあって、包丁を握らせるのはやめたんだったわ。もう十年近く前のことだから、すっかり忘れてた」

みどりが渋面《じゅうめん》でうめくように言う。

「あー、そうか、思い出した。あの時も、調理実習の前に練習しておこうって、タマネギ切っちゃったんだっけな」

吾郎は新品のタオルをだして、瞬太の顔をふいてやった。

「りんごもそうよ。左手の親指の腹をざっくり切っちゃって、皮むきの練習はやめたのよ」

ただの過保護で瞬太に料理を教えなかったわけではないのだ。

「タマネギがだめとなると、和洋中、すべての厨房が難しいかもね……」

「うう……」

瞬太は絶望にうちのめされた。

十一

翌日は朝から快晴だった。まだじわりと痛む目に、明るい陽射しがつきささる。

瞬太がまぶたを赤く腫《は》らして教室へ入ると、心配性の高坂がとんできた。

「どうしたんだ、その目!?」

「タマネギが目にしみて……」

瞬太は恥ずかしそうにぼそぼそ答える。

「すごい顔だな」

「写メとっていい？」

他の生徒たちも、あっという間に集まってきた。

「みんな何をしてるの？　席についていて」

チャイムが鳴り終わって十秒もたたぬうちに教室にあらわれた山浦先生も、瞬太の顔を見てぎょっとしたようだ。

「どうしたの、沢崎君!?　呪《のろ》い!?」

出席簿を両腕で持って、顔を半分ほど隠し、おそるおそる瞬太の様子をうかがう。

あんまりだ、と、言いたいところだが、たしかに四谷《よつや》怪談《かいだん》のお岩《いわ》さんにも負けない腫れっぷりである。しかも両目だ。

「違うよ。タマネギだよ。目にしみたから昨夜いっぱい泣いたんだ」

しみたから腫れたのか、泣きすぎて腫れたのか、もはや自分でもわからない。

「タマネギでそんなに腫れるものかしら……？　よくわからないけど、今度から気をつけてね」

先生は半信半疑といった表情だったが、それ以上追及してはこなかった。

瞬太はしょんぼりしながらも、やはり眠りにおちていく。

ホームルームが終わった後、高坂が瞬太の肩をゆすった。

「沢崎、ホームルーム終わったよ」

「う……？」

瞬太が目をあけると、いきなり十センチ先に江本の顔があって驚く。

「ひどい目だな。何かあったのか？　失恋か？　失恋だな！」

さすがは自称恋愛エキスパート、失恋による号泣で目が腫れたと断定しているようだ。

「だからタマネギが目にしみたんだ」

「それはみかりんやおれたちを心配させないようにっていう、下手クソな言い訳だろ？」

江本は先生と違い、追及の手をゆるめない。

「本当にタマネギなんだ。ラーメン屋に就職するために、キャベツとタマネギを切る練習をしたら、ひどい激痛で、こんなことになっちゃったんだ。ほら、おれ、鼻がききすぎるから……。まえ、ワサビで倒れたこともあっただろ？」

「ああ、そういえば」

江本はようやく納得してくれた。

「母さんが氷嚢《ひょうのう》で冷やしてくれたから、これでもだいぶ腫れはひいたんだよ。昨夜はもっとひどかったんだ」

「そりゃ大変だったなぁ」

「沢崎君、ラーメン屋さんになりたいの？」

今度は三井が、目を丸くして尋ねる。

「そのつもりだったんだけど、タマネギを切れないんじゃ、料理人は無理だって母さんに言われた」

チャーハンにサラダにマリネ、肉じゃが、牛丼と、玉ネギの出番は多すぎなのだ。

「そうか、残念だね。でも、自分が将来何になりたいのか、ちゃんと言えるってすごいと思うよ」

「そう……かな?」

「そうだよ」

力強く肯定されると、岡島の入れ知恵にのっただけだとは言いだしにくい。

「あたしなんて、まだ卒業後のことは全然考えてないもん」

「三井は大学に行くんだよね?」

「そうなんだけど、大学もどこを受けるか迷ってて……。悪い虫がつくと心配だから女子大にしろ、女子大ならどこでもいいなんて、わけのわからないことを父は言うし。でも沢崎君ははっきりラーメン屋さんって目標があったんだね」

「でも料理人はむいてないことがわかったから、何か違う就職先を考えないと……」

三井にきらきらした目で見られると、奈々に責められた時とはまた違うプレッシャーを感じる。

「待て待て沢崎、料理人だけがラーメン屋じゃないぞ？」

割って入ったのは岡島である。

「上海亭《シャンハイてい》のおかみさんが厨房に立ってるのを見たことがあるか？」

上海亭というのは、陰陽屋の近くにある中華料理店だ。おかみさんである金井江美《かないえみ》子《こ》は、陰陽屋の常連客でもある。

「ううん。あそこは旦那さんが一人でラーメンや餃子《ギョーザ》をつくって、江美子さんがお客さんにはこんだり、テーブルを片付けたりして……あっ、そうか！」

「それだよ。いわゆるホール係だ。たいていどこのラーメン屋にも、調理人の他にホール係や皿洗い、そして配達係がいるもんだ」

「そうか、まだラーメン屋に就職する道はあるんだな！　おれ、掃除は得意だし、ホール係にむいてるかも！」

「がんばれ」

岡島の激励を受けて、瞬太は決意も新たにうなずいた。

十二

昼休みの間、高坂が保健室でもらってきてくれた氷嚢をあてていたおかげもあって、夕方にはだいぶ目の腫れはひいてきた。

予想通り、祥明には思いっきりあきれられたが、気にせずいつもの階段掃除からはじめることにする。

ソメイヨシノはほぼ葉桜になってきたので、花びら掃《は》きもあと数日間だ。

飛鳥山には八重桜もたくさん咲いているが、陰陽屋まではとんでこない。

瞬太がせっせとほうきを動かしていたら、くせのある甘い香水の匂いがただよってきた。

この香水は、まさか……。

「先生、また来たの!?」

今度こそ説教か、と、瞬太は身構えた。

また先生に涙目になられてはと思い、自分なりにがんばってみたつもりなのだが、高坂によると、三分に一度は頭が机にぶつかっていたらしい。

「そうなの、今日もお守り買いに来ちゃった」

瞬太の心配をよそに、山浦先生は、ふふっ、と、かわいい笑顔で答える。

「もう目はすっかり大丈夫みたいね」

「うん、まあね」

先生はじっと瞬太の目をのぞきこんだ。

「猫みたいな縦長の目になってるけど、これもタマネギのせい？」

「カラーコンタクトだよ、もちろん！」

「そんなコンタクトレンズもあるの？　コスプレをする人用かしら。面白いわね」

うふふ、と、楽しそうに笑うと、先生はすたすたと階段をおり、黒いドアをあける。

はっとして瞬太も後を追い、店の奥にむかって声をかけた。

「祥明、また先生がお守りを買いに来てくれたよ！」

「いらっしゃいませ、陰陽屋へようこそ」

祥明がいつもの営業スマイルで先生を出迎える。

「こんにちは、店長さん。早速、姉に旅のお守りを渡したところ、どうせなら健康祈願のお守りもほしいと言われたんですけど、ありますか?」

　今日も先生は店内をきょろきょろと見回しながら、祥明に声をかけた。

「もちろんありますよ」

「良かった。きっと姉も喜びます」

　祥明から健康祈願の護符を受け取ると、先生はあっという間に代金を支払い、バッグにしまいこむ。瞬太がお茶をだす暇もない。

「じゃあ沢崎君、また明日学校でね」

「うん」

「またいつでもお気軽にお越しください」

「はい」

　にこやかにうなずくと、先生はさっさと帰っていった。

　店内での滞在時間はおよそ一分たらず。

「みかりんは今日もお守りを買いにきただけか。びっくりした」

　瞬太は額の冷や汗をぬぐい、息を吐く。

「もしかしたら今日こそキツネ君に説教するつもりだったが、けなげに掃除している姿を見て、言いだせなかったのかもしれないぞ」

「ひょっとして、また来るかもしれないってこと？」

「可能性はあるな。ま、ついでに買い物をしてくれるのなら、おれとしては大歓迎だが」

にんまりする祥明をよそに、瞬太は途方に暮れるのであった。


すっかり瞬太の目の腫れもひいた、翌日の夕暮れ時。

瞬太が階段を掃いていると、三度《みたび》、山浦先生は陰陽屋へあらわれた。

「せ、先生……また来たの!?」

「沢崎君、今日もがんばってるわね」

今日こそは説教だ！

瞬太はほうきをかたく握りしめた。

なぜならついに今日、始業のチャイムから終業のチャイムまで、ぶっ通しで熟睡してしまったのである。おきたのは昼休みだけだ。

一学期がはじまって、まだ、一週間しかたっていないのに。

先生を泣かせちゃいけないと思っていても、シュンミンが強力すぎて、全然勝てないのである。

しかし先生は、緊張する瞬太の脇をすたすたと通り過ぎ、黒いドアをあけて店に入っていった。

「こんにちは、店長さん、いらっしゃいますか？」

しかも自分で、店の奥にむかって声をかけているではないか。

瞬太ははっとして、先生の後を追った。

「祥明、先生が……」

「いらっしゃいませ、陰陽屋へようこそ」

瞬太が言い終わらぬうちに、店の奥から祥明がでてきた。

先生が来るのを予想していたのか、まったく驚いていない。

「四十すぎた姉が、突然、車の免許を取りたいって教習所に通いはじめたんです。心配なので交通安全のお守りをお願いできますか？」

「わかりました」

それは近くにある王子稲荷神社に行った方が、と言いかけた瞬太の口をふさぎ、祥明は交通安全の護符をだす。

そして先生は護符を買うと、今日もさっさと帰ってしまったのである。

瞬太のことはほぼスルーだ。

これはもしや、祥明が目当てなのか……？

先生だって独身女性なんだし、いや既婚女性だって、目の保養や癒《い》やしを求めて祥明に会いにくる人は珍しくない。

だが、なんとなく、他の祥明目当ての女性たちとは、何かが違う気がする。


さらにまたその次の日。

「姉が公認会計士の試験を受けることになったので合格祈願を」

次の次の日。

「姉がおめでたなので安産祈願を」

週がかわって、月曜日。

「姉がエベレスト登頂をめざすことになったので大願成就を」

「おめでたなのにエベレストになんか登って大丈夫なんですか？」

さすがに祥明は驚いて問い返した。

まさか、と、先生はおかしそうに笑う。

「おめでたなのは三番目の姉で、エベレストは四番目の姉ですよ」

「なるほど」

すっかりお得意さんとなった山浦先生の後ろ姿を階段上で見送りながら、二人はため息をついた。

「驚いたな。お姉さんが四人いるということは、みかりん先生もいれて五人姉妹なのか？　『若草物語』よりも多いぞ」

「テレビで大家族ものってたまにやってるけど、本当に子供が五人もいる家族っているんだね」

瞬太の知っている範囲では、倉橋怜の四人きょうだいがこれまで最多だったのだが、山浦先生はそれをこえたことになる。

「とはいえ、どうもあの先生は、お姉さんが四人もいるような気配を感じさせないな。末っ子の甘えん坊オーラもでていないし」

祥明は空色の扇を自分の首筋にあてて、トントンとたたいた。

「みかりんが嘘ついてるってこと?」

「まあ、嘘でも本当でも、ちゃんと金さえ払ってくれれば、何でもかまわないんだが」

「おれも説教されないんだったら、何でもいいんだけど」

ふたたび二人は同時にため息をついたのであった。

十三

翌日の火曜日は朝から雨だった。

わずかに残っていた桜の花も、これで完全に散ってしまうだろう。

雨の日のお約束として、瞬太たちは食堂で昼食をとることにした。

瞬太は吾郎のお手製弁当で、今日はさんまの大葉巻きに、だし巻き卵、スナップえんどうといちごである。高坂と岡島が週替わりの春の山菜ラーメン、江本はカレーに野菜コロッケがついた定食だ。

「フミ兄!」

混雑する中、目ざとく兄を見つけた奈々がかけよってきた。今日はサイドをねじって、後ろでとめた髪形にしている。

「あっ」

兄の隣に瞬太がいたので、奈々はきれいに整えた眉の根をきゅっとよせた。

「だめだって言っただろう。自分のクラスメイトと食べろって」

高坂が兄の顔で、奈々をたしなめる。

「わかってるよ、一緒に食べようって言ってないじゃん！」

奈々はつやつやの唇を尖らせて去っていく。

「そういえば奈々ちゃん、あれ以来屋上に来ないけど、委員長が何か言ったの？」

「禁止した。本当は沢崎にもきちんと謝罪させるべきなんだけど、また余計なことを言ってひっかきまわしそうだから、それはまたおいおいで」

就職活動をしていない瞬太に、永遠に高校生だったら楽ちんだもんね、と、奈々は言い放ったのだ。

「おれは、別に平気だよ。謝罪とかいらないし」

瞬太は首をぶんぶん横にふった。

「気をつかってくれてありがとう」

「無理すんな」

「そうそう」

　瞬太のぎこちない嘘はばればれだったらしく、高坂がすまなそうに言うと、江本と岡島が両側から、ぽんぽんと瞬太の肩をたたいた。

「とはいえ、奈々の話はちょっとふにおちないところもあったから、今、調べてる。しばらく待ってくれる？」

「え？　うん、いいけど」

　何がふにおちなかったのかさえ瞬太にはわからなかったが、とりあえず、うなずいておいた。

「ところで、山浦先生が陰陽屋に通いつめてるって噂になってるけど、本当なの？」

　高坂の目が、取材モードに切りかわっている。

「噂になってるの？」

「日参してるんだろ？　噂がたたない方がおかしいくらいだよ」

　江本も噂を知っていたようだ。

「何だか変なんだよね。毎日、お守りを一つ買っていくんだ」

「占いじゃないんだ」

江本が意外そうな顔をする。

「うん。でもそれがどうかした？」

「いや、店長さんが目当てなら、なるべくいっぱいおしゃべりしたいだろうし、確実に手を握ってもらえる手相占いを頼むのが王道だろ？」

「ああ、そうか」

瞬太が先生に覚えた違和感はそれだ。

祥明が目当ての女性客は、占いや、悩みごとの相談にかこつけて、たくさん話していきたがるものだ。

だが先生にはそれがない。

じゃあ純粋にお守りを買いに来ているだけなのかというと、それはそれで何かが違う気もするのだが……。

「ということは、みかりんは店長さん目当てじゃないんだな！」

首をかしげる瞬太の横で、江本は目をきらりと光らせたのであった。

午後になってもしつこく雨は降り続けた。道路脇には桜の花びらとがくが積もっている。

瞬太がいつも通り四時すぎに陰陽屋に行くと、店内には飛鳥高校の男子生徒たちばかりが五、六人たむろしていた。

どうやら江本と同じで、山浦先生が日参しているという噂を聞きつけて来たらしい。

「君たち、用がないのなら帰ってくれ」

祥明は空色の扇をしっしっと振り回して、邪険に追い払おうとするが、男子たちはそう簡単には帰らない。

「用はあるよ！　えーと、そうだ、占い頼むよ」

「そうそう、店長さん、おれがどこの大学受けたらいいのか占ってくれない？」

あからさまに今、適当にひねりだした口実である。

「断る。そんなの占いで決めることじゃないだろう」

「じゃあ普通に相談にのってくれない？　文学部のある私立大学っていっぱいありすぎて選べないんだ」

「そんなの家から通えそうな大学を片っ端から受けて、二校以上受かってから考えればいいんだよ。親が受験料をだししぶったら、浪人して予備校に行くよりはるかに安いって説得しろ。って、なんだっておれがおまえたちの相談にのってやらないといけないんだ」

祥明は親身さがかけらも感じられない答えで、質問した男子をつきはなした。

「今度小遣いはいったらお守り買うから」

「おれは今日買って帰るけど、月末払いのツケにしてよ」

「却下だ」

「親の家族カード使える?」

「だめに決まっているだろう。とっとと帰れ」

そもそも陰陽屋でクレジットカードが使えるはずがない。

瞬太がお茶をだすべきかどうか迷っていると、高坂が階段をおりてきた。

「やあ、沢崎。陰陽屋さんには珍しい光景だね」

「うん、みんなみかりんを待ってるんだ。もしかして委員長もみかりん狙いなの?」

「僕はただの取材だよ。先生はまだ来てない?」

高坂はいつもの取材ノートを瞬太に見せながら尋ねる。

「うん。だいたい五時から六時くらいに来るかな」

瞬太の話を聞いて、男子の一人が右手をあげた。

「じゃあそれまで、そこのテーブルでお茶しててもいい？」

「だから、おまえたち、邪魔だから帰れって言ってるだろう！」

「えー」

「お守りを買う前に、まずは家で受験勉強しろ。その方が先生だって喜ぶぞ。しっしっしっしっ」

祥明はしぶる男子たちを何とか追い返したのであった。


しかしほっとしたのもつかの間、翌日の放課後にはまたみかりん目当ての男子たちが陰陽屋におしかけてきた。

男子高校生たちはろくに金も払わないのに陰陽屋に長居したがるので、迷惑この上ない。

しかも毎日、人数は増える一方である。

ただでさえ狭い店内は、汗臭い男子たちで大混雑だ。

「あいつらがたむろしていると、他のお客さんが入りづらいからとんだ営業妨害だ」

祥明は毎日、男子たちの相談を片っ端からさばいては追い返すのにてんてこまいである。

「みかりんに、もう陰陽屋には来ないでくれって言う?」

「いや、確実に護符を買ってくれる上得意を失うのは痛い」

事態を知っているのかいないのか、山浦先生はかわらず毎日あらわれては、護符を一枚買い求めていく。

祥明にしては珍しく、我慢をかさねたのであった。

十四

金曜日はねずみ色の雲が空をおおう、暗く寒い一日だった。いつ雨が降りだしてもおかしくないあやしい雲行きである。

商店街に灰紫の夕闇がたれこめる午後六時半ごろ、ふわふわしたピーチピンクのスカートに白いブラウスの山浦先生があらわれた。

「いらっしゃいませ、陰陽屋へようこそ」

さきほど苦労して十人の男子高生たちを追い払ったばかりの祥明は、さすがに笑顔が疲れている。

「姉がカフェをひらくことになったので、商売繁盛のお守りを買いたいんですけど、ありますか？」

「それは何番目のお姉さんですか？」

「え？」

いつもはすぐに護符を渡す祥明が、珍しく質問を返したので、先生は少し驚いたようだった。

「あ、三番目の姉です」

「三番目のお姉さんはおめでたですよね？　カフェなんかはじめて大丈夫なんですか？」

「ああ、二番目の姉の間違いでした」

山浦先生はしれっと訂正する。

だが普通、二番目の姉と三番目の姉を間違えたりするものなのだろうか？

いや、四人もいれば間違えることもあるのかもしれないが。

瞬太は休憩室でお茶をいれながら、首をかしげた。

盗み聞きをするつもりはないのだが、ついキツネ耳に入ってきてしまう。

「先生には一体何人のお姉さんがいるんですか？　いえ、そもそも、本当にお姉さんはいるんですか？」

祥明はとうとう、先生を問いただすことにしたようだ。

もともと乏《とぼ》しい忍耐力が、ついに底をついたのだろう。

「……実は……なかなか言いだせなかったんですけど……」

「何でしょう？」

いよいよ自分への説教か、と、瞬太はドキリとする。

「一番上の姉を呪っていただきたいんです！」

「は？」

全然答えになっていない。

いやそれよりも、姉を呪ってくれって、何だよそれ……!?

瞬太はそっと几帳《きちょう》のかげから、二人の様子をうかがった。

「結婚しろ結婚しろって、うるさくて。子育てが一段落して暇なものだから、婚活サイトとか、婚活パーティーとか、婚活蕎麦《そば》打ちとかやたらにすすめてきて、もううんざりなんです。結婚できない人間はすべからく不幸だって思い込むのは姉の勝手ですが、それを妹に押しつけるなんて、最低最悪ですよね⁉　死ねばいいとか、そこまでは思ってないんですけど、ぎっくり腰で一ヶ月くらい出歩けなくなるよう、軽い呪いをかけていただけませんか？」

いつもは優しい声で、おっとりと話す先生が、いっきにまくしたてた。かなり煮詰まっているようだ。

「無理です」

祥明はきっぱりと断った。

「重い呪いならかけられるんですか？」

先生の声がかすかに震えている。本気の気配がにじんでいて、瞬太はゾクリとする。

「もっと無理です」

「お金ならなんとかします……！」

「そういう問題ではありません。呪いなどというものは迷信です。そもそも、そんなことはあなたが直接お姉さんに話をつければいいだけでしょう？　他人を巻き込まないでください」

とうとう祥明の毒舌が炸裂した。

「そんな……」

あまりにも厳しく、冷ややかな口調に、先生はじわっと涙ぐむ。

「嘘泣きはやめてください」

「嘘泣きじゃありません……」

「泣けば丸く収まると思ってるのがばればれですよ？」

「そんな言い方しないでも」

先生はテーブルにわっと泣き伏した。

「でも先生、目薬のにおいがするんだけど……」

先生のそばまでよって、瞬太はくんくんとにおいをかいだ。

「うふふ、ばれちゃった？」

急に身体《からだ》をおこすと、先生はけろりと微笑む。

「みかりん……!?」

祥明は、やれやれ、と、ため息をついた。

「お姉さんを呪ってほしいっていうのも嘘ですね？」

「ええ、あたしに姉はいませんもの」

山浦先生は左手を頬にそえ、にっこりと笑う。

「えっ……!?」

瞬太は絶句した。

あれがまさか演技だったとは……！

完全にだまされた……!!

「先生が嘘なんかついていいの!?」

「あら、大げさね。いつ気がつくか試してただけよ」

先生はすっかり開き直った。

「試す？　祥明を？」

「違うわ。君よ、沢崎瞬太君」

先生が三角の耳に手をのばしてきたので、瞬太はとっさに身をひき、両手で耳を隠す。

「おれ？」

先生は上目遣いでちらりと瞬太を見る。

「学校でもここでも、間近で君を観察する必要があったのよ。だって君、黒い噂があるから」

「黒い噂……!?」

瞬太にはまったく心当たりがない。

「どういう噂ですか？」

うろたえる瞬太にかわって尋ねたのは祥明だ。

「……呪い、です」

先生は両手で口もとをおさえて、ささやくように言った。

「えっ!?」

瞬太は驚いて大声をあげた。

祥明はすっかりあきれ顔である。

「定年まであと一年だった井上先生が早期退職したのは、表向きはご実家の事情ということになってるけど、実は、沢崎君の呪いだっていう黒い噂が、まことしやかに流れているんです」

「そんなばかな」

　瞬太はぶんぶんと首を横にふった。

「井上先生のご実家の事情って、詳しく聞いてる？」

「聞いてないけど」

「お父様が畑で転倒して手首を骨折して、二ヶ月間、農作業ができなくなったんですって。それで井上先生は農作業を手伝うために、退職して、北海道のご実家に戻られたのよ」

「大変なんだ……」

　宝クジがあたったなんて勝手な想像をして、悪かったかなあ、と、瞬太は申し訳なく思う。

「井上先生って、けっこう沢崎君に厳しかったよね？　何度も落第させようとしたし」

「お父さんの骨折はおれの呪いじゃないよ！」

「でも、君が幼稚園に通っていた時も、いじめっ子が鉄棒から落ちて骨折した事件があったらしいじゃない？」

　残念ながら、これは周知の事実である。

「でも沢崎君にとって邪魔な人間が二人も骨折したっていうのは……ね？」

「た、ただの偶然だよ……！」

　山浦先生は、意味深な笑みをうかべた。

「つまり骨折つながりというわけですか」

　祥明の言葉に、先生は大きくうなずいた。

「おれ、呪ってないから！」

「火のないところに煙はたたないっていうでしょ？　呪ってないって証拠はある？」

　先生はいつにもまして優しい声で瞬太に尋ねたが、目はらんらんと輝いている。

「証拠は……ない……けど」

「沢崎君がいつも学校で寝ているのは、夜中にどこぞの神社かお寺へ行って、わら人形を打ち付けてるからだっていう噂もあるのよ」

「違うよ！　まさか先生、それでおれを眠らせないように見張ってたの？」

「これ以上、呪いの被害者をださないようにするのも、クラス担任としてのつとめでしょう？」

「そっちだったんだ……」

瞬太は遠い目で天井をあおいだ。

初担任で張りきっている教育熱心な先生なのだとばかり思っていたのに。

先生のことが嫌いなの、と、涙ぐんでいたのも、瞬太を眠らせないための演技だったのか。

いや、熱心は熱心なのだ。

違う方向にだが……。

悪いのは偽《にせ》の噂を流した奴だが、ひっかかるみかりんもみかりんだ。

「そもそも先生は、この二十一世紀に呪いなどというものが本当にきくと信じているんですか？　迷信に決まってますよ」

祥明は空色の扇を広げ、肩をすくめる。

「このお店に来るまではあたしも半信半疑でした。でも、毎日こんなあやしげなお店で働いていたら、呪詛《じゅそ》くらいできるようになっても不思議はないでしょう」

「あやしげな店……」

祥明は小声でつぶやいた。

たしかに否定はできない。

陰陽屋はかなりあやしげで、うさんくさい店だ。

インチキ陰陽師の祥明はもちろん、店の内装や、お品書きや、何より化けギツネの瞬太自身も。

祥明はさわやかな営業スマイルをうかべた。

「仮にこの世に呪詛の術などというものが実在するとして、この万年赤点君に使いこなせるわけがありません。もう二年半もうちで働いているのに、いまだに掃除とお茶くみしかできないんですよ？」

「そうそう。手相占いなんて、おれより委員長の方が先にマスターしちゃったし。こんなおれが呪いなんてかけられるわけないよ。地面から雨が降っても無理だね」

「でも、英語や数学ができなくても、わら人形はつくれますよね？」

「え？」

「髪の毛をしこむとか、紙人形をつくるとか、ブードゥー人形とか、井戸に猫を投げ込むとか、額にろうそくをくりつけるとか、ビデオテープとか、テレビからでてくる白いドレスの女の人とか、あたし、ネットで読んだんです……！」

だんだん先生の声が熱をおびてくる。

「いや、ネットの書き込みは勘違いや創作がほとんどですから、信じないでください」

「ネットだけではありません。このまえ、テレビで、有名な霊能力者が、この世には不思議ではないことなど何もないのだ、って言ってました」

「それは、そういう業界の人だからですよ」

さすがの祥明も困惑気味だ。

まさかネットやテレビをそのまま信じ込んでしまうなんて。

実家がお金持ちらしいとは聞いていたが、どれだけ純粋培養のお嬢様育ちなんだ……！

祥明は十秒ほど沈黙した。

「いいでしょう」

口もとを扇でかくし、にたりと微笑むと、すっくと立ち上がった。

「当店に毎日通ってくださった山浦先生にだけ、特別にお教えします」

「え……？」

先生は、ごくり、と、唾《つば》をのみこんだ。

「ここにいるキツネ君は、神さまの使いをしていた妖狐《ようこ》の正統なる末裔です」

「祥明、何を……!?」

瞬太は否定しようとしたが、祥明に視線で黙れと命じられる。

「彼に仇《あだ》なす者には災いがふりかかるのです。噂よりもはるかにおそろしい目にあった者もいます」

「えっ……!?」

先生はぎゅっと胸の前で両手を握りしめる。

「もしも先生がこれ以上、キツネ君の秘密に踏み込むようなことをすれば、どんな目にあうか、私にも想像がつきません」

「あ、あたしはただ、噂の真相をたしかめたかっただけで……」

先生は蒼ざめた顔で、唇をふるわせた。

祥明がとっさにでっちあげたほら話を真に受けて、恐れおののいているらしい。

だが、突然意を決した表情をすると、バッグに右手をさしいれる。

「お……怨霊《おんりよう》退散っ……!」

先生がバッグからとりだし、突然ふりかざしたのは、十字架だった。

しかもニンニクが巻き付けてある。

「うっ、臭い……！」

瞬太が鼻をおさえて後じさったので、十字架に恐れをなしたと誤解したのだろう。

急に大声をはりあげて、何やら歌いはじめた。

よくわからないが、英語ではない外国語だ。

さすがは音大出身、声楽は専門ではないはずだが、本格的な発声である。

「まいったな、賛美歌ときたか」

「おまえが悪いんだろ、何とかしろよ」

「想定外すぎる」

二人が押しつけあっていると、ドスドスドスと階段をおりる力強い足音がして、黒いドアがばりとあけられた。

「陰陽屋さん、うるさいよ！」

一階、つまり陰陽屋の真上にあるクリーニング店のご主人だ。

あまりの迫力に驚いたのか、先生も賛美歌を中断する。

「音楽を聞いてもいいけど、音量はほどほどにね」

「気をつけます」

「ん」

言うだけ言うと、店主はまた足音を響かせながら一階へ戻っていった。

「ごめん、先生、おれ、賛美歌は全然平気だから、歌わないでくれる?」

「えっ? でもネットでは……」

どうやら敬虔《けいけん》なクリスチャンというわけではなく、これもネット情報らしい。

「山浦先生、彼は神さまの使いの狐の末裔です。悪霊でも悪魔でも吸血鬼でもありませんから、賛美歌にまいったりはしません。十字架も、ニンニクが臭いから嫌がっているだけです」

祥明がニンニクをほどいて十字架だけを瞬太の胸の前につきだす。

「平気、なの?」

先生は震える唇を右手でおおう。

「十字架そのものは平気だよ」

「そんな……じゃああたしはここで、とり殺されてしまうの!?」

先生は床にくずおれた。

一体ネットに何が書かれているんだ。

「殺さないよ！」

「……本当に？」

涙目でぷるぷる震える先生に、祥明が手をさしのべた。

ここにきて伝家《でんか》の宝刀《ほうとう》、ホストパワーの発動だ。

そっと耳もとに唇をよせる。

「安心してください。天罰がくだるのは、彼に害をなす者だけです。逆に、彼に親切にしておけば、その恩恵は計り知れません」

「え？」

先生は驚いて顔をあげた。

「恩恵って、たとえば……？」

「いろいろ、です」

「いろいろ……ですか！」

先生は突然目をかっと見開き、ギラリと光らせる。

はてしない野望でもあるのだろうか。

「どちらの道を選ぶべきかは、美しくて賢いあなたにはもうおわかりのはずです」

先生は無言でこっくりとうなずく。

「キツネ君のことは、遠くからそっと見守ってやってくださいますね？」

「わかりました」

「それでは、先生が味方であるあかしに、その呪いの噂を誰から聞いたか、教えていただけますか？」

「ラインブックというSNSです。新一年生たちのグループにこっそりまぎれこんで、どんな話をしているか観察していたら、沢崎君の話題で盛り上がっていました」

「なるほど。では今夜早速、その噂はデマだと否定しておいていただけますか？」

「もちろんです」

先生はうなずき、立ち上がると、瞬太の両手をとった。

「よろしくお願いしますね……！」

「え、え、え？」

わけがわからないままに、瞬太はうなずいたのであった。

十五

翌日の土曜日。

朝のホームルーム終了後、瞬太のまわりに高坂、江本、岡島が集まった。

「今日のみかりん変だったよな。沢崎を席の前で見張るのやめたし、熟睡してもおこらないし」

江本が言うと、高坂と岡島もうなずく。

「実は昨日……」

瞬太は昨日の陰陽屋での顚末《てんまつ》をかいつまんで説明した。

「みかりん、沢崎が夜な夜な誰かを呪ってるって思ってたのかよ。やるな」

ヒュウ、と、岡島は口笛をふく。

「俗に言う丑《うし》の刻《こく》参りだね。丑三《うしみ》つ時に、神社の御神木にわら人形を五寸釘でうちつけるんだ。たしか七夜連続で成就するんだったかな？　しかも白装束《しろしょうぞく》で、顔を白塗りにして、頭に五徳《ごとく》をかぶって蠟燭《ろうそく》を三本さすんだ。五徳っていうのはガスレンジについてる鉄の輪だね」

高坂の解説に三人は顔をしかめる。

「一体誰がそんな呪いを考えたんだ。面倒臭すぎだよ……。それに、神社にたどりつくまでにめっちゃ目立つな」

江本の感想に、高坂はうなずいた。

「たぶん警察官に職質されるね。ハロウィンの時季なら大丈夫かもしれないけど」

「それこそ動画をネットでさらされるのが関の山だろ」

岡島が言うと、ネットかぁ、と、瞬太はため息をつく。

「みかりんはおれの噂をネットで読んだって言ってたけど、勘弁してほしいよ、まじで」

瞬太のぼやきに、高坂は眉をひそめた。

「もしかしてラインブックの飛鳥高校一年生グループ？」

「うん。委員長もやってるの？」

「昨夜、奈々に見せてもらった。化けギツネの沢崎に嫌われたやつは呪われる、とか、呪力《じゅりょく》で僕をしもべにしている、とか、ファンタジックな黒い噂で盛りあがってたよ。

もちろんみんな遊び半分で書きこんでるんだけど、そうか、先生はあれを信じたのか」

「もしかして奈々ちゃんが沢崎をおとしいれるために書き込んだのか？」

なぜか岡島は嬉しそうだ。

「いや、奈々は噂に踊らされたクチらしい」

奈々はよく言えば素直、悪く言えば単純だからね、と、高坂は苦笑する。

「最初に書き込んだ人は、ちょっとした冗談だったんだろうけど、ネット上の噂話はすぐに尾ひれがついて広がるからね」

高坂が言うと、江本が、ふん、と、鼻をならした。

「おれ、わざとそういうことしそうな奴に心当たりがあるぜ」

「あー、おれも。一年生に擬装したアカウントつくって、グループにもぐりこむくらいやりかねない奴を知ってたな」

「その可能性はあるね」

岡島と高坂も同意する。

「まさか……」

四人が一斉に振り向くと、遠くの席にいるインスタントラーメンのような頭をした同級生が、くしゅんとくしゃみをしたのであった。

その後、山浦みかりん先生はぴたりと陰陽屋にあらわれなくなった。教室でも遠くから瞬太を見守っているだけだ。時折、妙に期待に満ちた眼差しになるが、瞬太は気づかぬふりを決めこむことにした。

ただ一つ残った問題は。

「店長さん、おれ、北海道で暮らしてみたいんだけど、どの大学がいいと思う?」

「知るか。北海道の大学を全部受けたら、一つくらいは合格するだろ」

「漫画の編集者になりたいんだけど、文学部でいいか占ってよ」

「手に職つけたいんだけど、おすすめの専門学校ないかな」

「おまえたち、邪魔だから帰って勉強しろ!」

なぜか陰陽屋の進路相談は的確だという評判がたってしまい、当分の間、受験生たちのたまり場になってしまったのであった。

第二話

黒猫のタンゴ

一

ゴールデンウィークが終わり、陰陽屋《おんみょうや》が通常営業にもどった五月中旬。

東京では、冬物のブレザーを着ていると汗ばむくらいの陽気が続いている。

瞬太《しゅんた》が四時少し前に陰陽屋に行き、階段をおりていくと、聞き覚えのある声がキツネ耳にとびこんできた。

それにこの独特のお香《こう》の匂いは。

「ま、まさか……」

おそるおそる細めに黒いドアをあけ、店内の様子をうかがうと、予想通り、瞬太がよく知っている和服の女性がテーブル席についていた。

隣にもう一人、知らない女性が腰をおろしている。こちらも和服だ。

そして店主の祥明《しょうめい》は、いつもの狩衣《かりぎぬ》姿に営業スマイルである。

どうしよう、今日はこのまま帰ろうか……。

いや、でも、仕事だし。

ドアノブを握ったまま迷っていると、「いつまでそこに突っ立ってるの。さっさと入ってきなさい」と、声をかけられた。

瞬太は店内に入ると、右手をあげて小さくふった。

「や、やあ、ばあちゃん、久しぶりだね。えーと、お正月以来？」

「そうね、久しぶり」

鷹揚《おうよう》にうなずいたのは、谷中《やなか》で一人暮らしをしている吾郎《ごろう》の母親、沢崎初江《さわざきはつえ》である。初江は三味線《しゃみせん》教室をひらいていることもあり、夏以外は和服で外出することが多い。今日は藤《ふじ》の花の着物に、白っぽい帯をしめている。

「その人はばあちゃんの友だち？」

「三味線教室の生徒で、森川光恵《もりかわみつえ》さん」

「初江先生のお孫さんですか？　まあかわいらしい。はじめまして、よろしくね」

光恵はにっこりとほほえんだ。六十歳くらいだろうか。ふんわりとしたショートカットで、中肉中背、上品な薄茶色の着物に深緑色の帯をあわせている。この人もふだんから和服を着慣れた感じだ。

「よろしく」

瞬太は頭をぺこりとさげた。

「光恵さんが祥明に用事なの？」

「ええ、ちょっと頼み事があるのよ」

「じゃあ、おれ、お茶いれてくるね」

瞬太はさっさと店の奥の休憩室にひっこんだ。

瞬太は初江が苦手なのである。

江戸っ子のせいか、下町育ちのせいかはよくわからないが、とにかく初江は何でもずけずけとはっきり言うし、口うるさい。

とはいえ用件の内容が気になるので、着替えつつも耳をピンとそばだてる。キツネ耳なので、その気になれば、店内のひそひそ話も聞き取ることができるのだ。

「それで、ご用件というのは？」

祥明がうながした。

「実はうちの猫のオスカーが、三日前から家に帰って来ないんです。いつもは外に遊びに行っても、晩ご飯の時間には必ず帰って来るんですけど……」

光恵は心底心配そうである。

「普段から出入り自由にしておられるのですか？」

「うちは家が店になっているので、閉じ込めることはできないんです」

森川家は谷中銀座《やなかぎんざ》で呉服店を営んでおり、一階の大部分が店舗で、一階の一部と二階が住居になっているのだという。

どうりで和服を着慣れているわけだ。

何となくだが、着慣れている人とそうでない人では、衿《えり》の抜き方と帯のしめ方に違いがでるような気がする。あとはやはり、着物での歩き姿や自然な仕草だろうか。

「ご心痛お察しします。警察や保健所には連絡されましたか？」

「ええ、念のため連絡してみました。でも、緑の目の黒猫は保護されてないって言われたんです」

「そうですか。では根気よく捜すしかありませんね」

「もちろん思いつく限りの場所は捜しました。谷中銀座の隅々から霊園まで。でも、どこにもオスカーは見あたらないんです。もしかして事故にでもあったんじゃないかしらと思うと、心配で、いても立ってもいられません」

光恵はよほど猫をかわいがっているのだろう。最後の方はほとんど涙声になっていた。

瞬太は邪魔をしないように、なるべくそっとお茶を置く。

「というわけで、猫の行方を占ってもらいたいのよ。失《う》せ物《もの》、捜し人が占えるくらいだから、捜し猫だって占えるでしょう?」

初江に強引に頼み込まれては、祥明といえども逆らえるはずがない。

「もちろんです」

祥明はいつもの営業スマイルで答える。

「ではこちらの六壬式盤《りくじんちょくばん》を使って占ってみましょう。安倍晴明《あべのせいめい》をはじめとする平安時代の陰陽師たちも使った、伝統的な占い方法です」

祥明は木製の式盤を二人に見せた。

「この下の四角の盤が大地をあらわす地盤《ちばん》、上の丸い盤が天盤《てんばん》で、北斗七星を中心に回転するようになっています。さて、現在の占時が申《さる》、月将は……」

祥明は神妙な面持《おもも》ちで、天盤をからりとまわす。

「逃げた動物はもどってくる、とでました。オスカー君は家の周辺にいるようです」

「じゃあ早速、光恵さんの猫を捜しに行ってちょうだい」

初江は満足げにうなずくと、祥明に頼んだ。いや、命令した。

やっぱりそうきたか、と、瞬太でさえ思ったくらいだから、祥明が予想していなかったはずがない。

「大変申し訳ありませんが、うちはペットの捜索には不慣れですので、専門のペット探偵にご依頼ください」

「まさかあたしの頼みがきけないっていうの？」

初江は背筋をぐいっと伸ばし、祥明を見すえる。

「いえ決してそういうわけではありませんが」

「そういえば、例の捜し人の写真、なくなったのね。見つかったのかしら？」

初江は突然、話題をかえた。

「はい。初江さんもその節は情報提供ありがとうございました」

初江は陰陽屋に貼ってあった月村颯子《つきむらさつこ》の写真を見て、子供の頃、同じアパートに住んでいた化けギツネの篠田《しのだ》を訪ねてきた女性に違いないと証言したのである。

なんでもその時、颯子にもらったアップルパイの味まで覚えているという。

驚異的な記憶力といえよう。

「お役に立てて何より」

にっこりと、だが、威圧感ただよう笑みを初江はうかべる。

「…………」

祥明もにっこりと笑顔で応じた。

「お祖父《じい》さまの柊一郎《しゅういちろう》さんはお元気？」

「……はい」

「あたしの頼みをあなたがきいてくれなかったって知ったら、さぞ驚かれることでしょうね」

人捜しに協力してやったんだから、恩を返せ、という脅迫である。

「……オスカー君を捜すのをお手伝いさせてください」

祥明は笑顔で言った。しかし声は暗い。

「頼みましたよ」

「よろしくお願いいたします」

初江が当然のようにうなずく隣で、光恵が丁寧に頭をさげた。

「じゃあ早速、行くわよ」

「えっ、今からですか？　まだ四時半ですが」

陰陽屋の営業時間は夜八時までなのだ。

「暗くなってから猫を捜すなんて大変じゃない」

「そうですね、できれば明るい時間のうちに来ていただいた方が」

そう言いながら、さっさと二人は立ち上がり、黒いドアにむかいはじめた。

初江はもちろん、一見おっとりしているように見える光恵も、実はせっかちなのかもしれない。

「善は急げですよ、店長さん」

「承知しました」

あきらめの混じった笑顔で、祥明はうなずいた。

二

京浜東北線《けいひんとうほく》で王子《おうじ》から日暮里《にっぽり》まで十分弱。

日暮里駅の改札をでて、三分ほど歩いたところにある夕やけだんだんという階段のあたりから、谷中銀座の商店街ははじまっている。

谷中銀座は猫のいる商店街として有名で、屋根の上などに猫のオブジェを設置している店や、猫グッズを販売している店も多い。

もちろん飼い猫や地域猫などの、本物の猫もいる。

そのため、お総菜《そうざい》などを求める地元の買い物客に加え、猫好きの観光客も多く、平日だというのにかなりのにぎわいをみせていた。

以前、この商店街の近くにある初江の家を猫カフェにしたいと狙われたときに、やはり祥明と瞬太がかりだされて撃退したのだが、その頃よりもさらに猫押し度が上がったようだ。

下町情緒を求める外国人の観光客もちらほらいる。

「ここがうちの店です」

光恵が案内してくれたのは、谷中銀座の中ほどにある、こぢんまりとした店だった。

看板には「きものの森川」と書かれているが、店の入り口には、かわいらしい布製の人形など、和風の雑貨類もたくさん並べられている。

なるほど店の扉は開けっ放しになっており、猫を屋内に閉じ込めて飼うのはむずかしそうだ。

「どうぞお入りになって」

光恵にうながされて店内に足をふみ入れると、涼しげな夏の着物、いろとりどりの浴衣《ゆかた》、帯、それに巾着や草履《ぞうり》、髪飾りなどがきれいにディスプレイされていた。

店の奥は着物をひろげるためだろうか、ちょっとした畳敷きのコーナーがあり、奥のつくりつけの棚には、百以上の反物《たんもの》がぎっしりとつめこまれている。

「ただいま、麻央《まお》さん。オスカーは帰ってきたかしら？」

きなりの日傘を閉じながら、光恵は店番をしている女性に声をかけた。

「あ、お義母《かあ》さん、おかえりなさい。オスカーはまだ帰ってきませんね……え？」

最後の「え？」は、光恵にではなく、その後ろに立っている祥明に対して発せられたものだ。

さすがに狩衣で猫の捜索は無理だろうということで、洋服に着替えてきたのだが、それが光沢のある黒いスーツに紫のシャツ、白に銀色の柄《がら》が入ったネクタイという、ホスト服だったのである。

特にホスト服を好んでいるというわけではなく、それ以外の洋服を持っていないのでこうなってしまうのだが、そもそも服装に対する頓着《とんちゃく》がまったくないらしい。

しかも長い黒髪に、妙に端整《たんせい》な顔立ちなので、下町の商店街では違和感がはなはだしい。

「あ、あの……?」

「はじめまして。安倍《あべ》祥明と申します。光恵さんのご依頼で、オスカー君捜索のお手伝いにまいりました」

祥明が得意の営業スマイルをうかべると、麻央はぽうっと頬《ほお》をそめた。三十代半ばくらいだろうか。七分袖《しちぶそで》のコットンのシャツに紺のスキニーパンツ、かわいい猫の絵柄が入ったカフェエプロンをつけている。

「息子の妻の、麻央さんです」

光恵に紹介されて、麻央は丁寧に頭をさげた。

「森川麻央と申します。どうぞよろしくお願いします」

「初江先生は麻央さんも知ってるわよね?」

「ええ、もちろん。先日も足袋《たび》をお買いあげいただきました」

初江はこの呉服店のお得意さんらしい。

「こちらのかわいい男の子が初江先生のお孫さんの瞬太さんよ。祥明さんのお店でアルバイトをしているんですって」

「どうも」

瞬太はぺこりと頭をさげる。

陰陽屋で一度は童水干《わらべすいかん》に着替えた瞬太だが、やはり制服に戻してから来た。童水干はけっこう動きやすいのだが、電車に乗るのは目立ちすぎて恥ずかしい。

「それでは、日が暮れる前に、早速オスカー君の捜索をはじめさせていただきます。写真はありますか？」

「これがいいかしら？　この緑の目が特徴なんです」

光恵は携帯電話をバッグからだすと、黒猫の顔のアップを祥明に見せた。瞬太も横からのぞきこむ。

きりりとしたつり目の、ハンサムな黒猫だ。

初江は猫よりも店内の商品が気になるようで、一人で夏物の帯や帯揚げをチェックしている。

「きれいな目ですね」

いている。

「そうでしょう」

祥明がほめると、光恵は嬉しそうにうなずく。

「それから、首輪はこれがわかりやすいと思うんです」

光恵は別の写真を見せた。呉服店の猫だけあって、カラフルなちりめんの首輪をまいている。

「そうそう、尻尾《しっぽ》は長くてまっすぐなんですよ」

光恵はさらに違う写真を見せた。

ペットを飼っている人の常として、光恵も写真をとりまくっているらしい。

「なるほど、特徴はわかりました。次に、オスカー君の大好きな猫缶とスプーンを用意していただけますか？」

「あ、はい、少々お待ちください」

光恵は長いのれんの奥にひっこんだ。どうやらのれんのむこうが居住スペースらしい。ここを猫は自由に通り抜けていたのだろう。

「どうぞ」

光恵が持って来た猫缶、つまりキャットフードの入った缶詰のふたを、祥明はパキりとあけた。

「まぐろのゼリーよせか、美味《おい》しそうだな！」

瞬太は鼻をひくひくさせる。

「じゃあこれを持って、缶の横をたたいてみろ」

「へ？」

瞬太は言われるがままに、右手に持ったスプーンで左手にのせた猫缶をたたいた。中身が入っているせいか、コンコンと地味な音がする。

「ふたはどうだ？」

ふたは薄いせいか、カンカンと高い音がした。

「うん、ふたの方がいいな」

「これがどうかしたの？」

「猫捜しの基本だ。行くぞ」

瞬太に猫缶とスプーンを持たせたまま、祥明はさっさと店の外に出る。

「ええっ、おれがやるの!?」

「よろしくお願いしますね！　瞬太さん、店長さん」

「う、うん……」

光恵の必死の眼差《まなざ》しに負けて、瞬太はうなずいた。

「じゃあ、やるよ」

まずはお店の裏側にある勝手口の前で、瞬太は猫缶をたたきはじめた。

「オスカー、でておいで、オスカー、猫缶だよ」

勝手口は幅二メートルほどの狭い路地に面しているのだが、瞬太の声にびっくりして、通行人たちが振り返っていく。

物珍しそうに見ていく人、事情を察して、「頑張ってね」と、声をかけてくれる人などいろいろだ。

大声で猫の名前をよびながら、店のまわりをぐるりとひとまわりしてみた。念のため、祥明は捕獲用の洗濯ネットを持っている。

カンカンカン。

混雑する商店街に、猫缶のふたの音がひびく。

すると。

「ニャ!?」

「ニャーオ」

「グルルゥゥゥ」

来るわ来るわ、四方八方からわらわらわらと猫たちが集まってきた。

三

集まってきた猫たちはみな、猫缶目当てだ。

猫缶の音とまぐろの匂いに、小さな舌で口のまわりをぺろぺろなめている猫もいれば、大声でアピールしてくる猫もいる。

だが、一メートル以内には近づいてこない。

「警戒されてるな。猫だけにわかる化けギツネのニオイでもあるのか？」

祥明は首をかしげた。

「ニオイ……、あ、今朝、家をでる時、ジロがおれの手や顔をべろべろなめてたから、まだ犬のニオイが残ってるのかも」

ジロは沢崎家の秋田犬である。瞬太が玄関先で立ったまま眠りそうになった時は、なめたり吠えたりしておこしてくれる、賢い犬だ。ただし誰にでもすぐに懐《なつ》いてしまうので、番犬としてはあまり役にたっていない。

「ちょっとそこに猫缶を置いて、離れてみろ」

「こう？」

瞬太が道の端に猫缶を置いて、五十センチほど離れると、大柄《おおがら》なキジトラ猫がとびだしてきた。

それを皮切りに、猫たちは次々と猫缶にとびかかり、フーとかシャーとか大騒ぎしながら猫缶のまぐろをとりあっている。七、八匹はいるだろうか。片耳の端をカットされた地域猫も多い。不妊手術済みのあかしだ。

「黒猫も二匹いるけど、一匹は尻尾が短いからオスカーじゃないね」

「もう一匹は尻尾が長いが、首輪をつけていないから、やっぱり違うな」

「最近の首輪は、はずれることがあるんです」

二人の後をついてきた光恵が言った。

「えっ？」

「アジャスター機能だったかしら？　セーフティー機能？　とにかく首輪が何かのは

ずみでひっかかって、猫の首をしめそうになった時は、はずれる構造になってるんです」

「ふむ。では、首輪をつけていないあの猫は、オスカーの可能性がありますね」

「目の色を確認できれば……」

瞬太はそーっと、首輪をつけていない黒猫に近づいた。

物音をたてないように、細心の注意を払って、猫の背に手を伸ばす。

が。

「カーッ！」

急に背後からさわられて驚いた黒猫は、大きく口をあけて威嚇《いかく》すると、瞬太の手に猫パンチをビシッとくらわせ、猛ダッシュで逃げていった。

「いてっ」

瞬太はひっかき傷を押さえて顔をしかめる。

そっと近づいたのは失敗だったかもしれない。

「目の色はどうでしたか？」

光恵がかけよって、瞬太の手にハンカチをまいてくれる。

「黄土色だった」

「違ったか」

祥明は道ばたにころがる猫缶を拾い上げた。すでに中身はきれいになめつくされ、空っぽになっている。

「問題はキツネ君についた、犬臭さだな」

祥明は三軒先に魚屋を発見すると、いわしを一山かかえて帰ってきた。

ホスト服にいわしが似合わないことはなはだしいが、本人はまったく気にしていない。

「麻央さん、このいわしを片っ端から焼いてください」

祥明は麻央にいわしが山盛りのざるをわたした。

「ええと、じゃあ、台所で焼いてきますね」

「できれば外で。店の前というわけにはいかないでしょうから、勝手口のあたりでお願いします」

「外でですか。鍋《なべ》用のカセットコンロがたしかどこかに……」

麻央がカセットコンロを勝手口の前に設置すると、光恵がきりりと袖《そで》にたすきをかけた。

「これを全部焼けばいいんですね？」

「お義母さん、着物に魚のにおいがつきますよ？　着替えてきた方がいいんじゃありませんか？」

「いいのよ、オスカーのためだから。あとで消臭剤をシュッシュッってしておくわ」

右手に菜箸《さいばし》を、左手にうちわを握りしめて、光恵はいわしを焼きはじめた。

あっという間に魚が焼けるパチパチという音と、いい匂いの煙がたちはじめる。

本当に消臭剤で大丈夫なのだろうか。

だが本人の決意が固いのだから、任せるしかない。

「ほら、キツネ君、オスカーをよんで」

「えっ、またおれ⁉」

瞬太はコホンと咳払いをした。

「オスカー、でておいで、オスカー、いわしだよ、いわしー美味しーよ！」

やけくそ気味で、瞬太は声をはりあげた。

光恵がうちわで煙をパタパタとあおいだせいもあり、あっという間に周囲にいわしが焼けるいい匂いが広がっていく。

「ニャ」

「グルルゥゥゥ」

焼き魚の誘惑につられた猫たちが、再び姿をあらわした。

さっきの大柄なキジトラもいる。おそらくあいつがこのあたりのボスなのだろう。

焼き魚の煙で犬臭がかき消されたのか、それとも、強力な誘惑の前では警戒心などふきとんでしまうのか、一匹、また一匹と、猫たちは近づいてきた。

小柄な三毛猫は光恵の足にすりより、太った茶トラ猫はぐるぐるのどを鳴らして、さかんにアピールする。

「あら、三毛ちゃん、お魚ほしいの？　そっちの茶トラ君も？」

もともと猫好きな光恵は、猫たちのおねだりに相好《そうごう》を崩す。

「どうしましょう？　まだ生焼けですけど、あげても大丈夫かしら？」

「だめですよ！　これをあげてしまったら猫をおびきよせられなくなるので、オスカーがでてくるまでは心を鬼にして無視してください」

光恵に尋ねられ、祥明はきっぱりと却下した。

「そ、そうですね。心を鬼にします……！」

光恵は菜箸をかたく握りしめ、気合いを入れ直す。

「黒猫はさっきもいた二匹だけかな？　あっ、あそこ、むかいの家の屋根の上に新顔がいるよ。こっちを見てる。目も緑だよ」

瞬太が指さした方に、やせっぽちの黒猫がいた。

「オスカーはあんなにやせっぽちじゃありません」

光恵は残念そうに首を横にふる。

「でも行方不明になってからもう三日だよね？　ずっと絶食してやせたのかも」

「絶食……！」

瞬太の言葉に、光恵は真っ青になるが、ぎゅっとうちわを握り直して、より一層激しくあおぎはじめた。

「首輪はどうなってるか見えるか？」

祥明の問いに、瞬太は目をこらした。

嗅覚や聴覚ほどではないが、視力も普通の人間よりは発達しているのだ。

「首輪はつけてないみたい。尻尾は身体《からだ》の後ろに隠れてるから見えないな」

「仕方ない。こっちによぶか」

祥明は焼き魚を一匹ずつ、地面に投げはじめた。

あっというまに猫だかりができ、やせた黒猫もむかいの屋根からとびおりてくる。

「尻尾は……!?」

三人でやせた黒猫の尻尾に注目した。

だが、尻尾は長いが、二カ所が折れ曲がったカギ型である。

「まっすぐじゃないね……」

「違ったか」

オスカー捜索隊は、すっかり日が落ちるまでいわし作戦を続けたが、結局オスカーは姿をあらわさなかったのであった。

四

オスカー捜索隊がいわし作戦を展開している間、初江はきものの森川の近所にある甘味処《かんみどころ》に腰をおちつけ、ちゃっかり一人で和栗のあんみつなど食べつつ、くつろいでいた。

　どうやら今日は三味線の稽古《けいこ》はないらしい。

「ばあちゃん、ずるい……」

「ずるくないよ。光恵さんから猫を捜すよう頼まれたのは、あなたたちなんだから。でもその顔だと、どうやら見つからなかったようね」

「できるだけのことはしましたが、残念ながら」

　祥明は借りてきた猫のように、神妙な面持ちで答える。

「何をやったの？」

　祥明が猫缶作戦といわし作戦について報告すると、ふん、と、初江は鼻をならした。

「まだできることは他にもあるんじゃない？」

　いわし作戦の失敗をもって祥明は撤収しようとしたが、初江が許可してくれそうにない。

「他にも、とは？」

「自分で考えなさいよ」

「ばあちゃん、やっぱり……」

ずるい、と、瞬太は言いかけたが、初江にジロリとにらまれて口をつぐんだ。

「さっさと行っておくれ。あんたたち魚臭いから、まわりのお客さんに迷惑よ」

「失礼しました」

祥明が頭をさげ、踵《きびす》をかえすと、瞬太もあわてて後を追う。

しかしすでにとっぷりと日は暮れており、商店街だけは明るいものの、路地裏にかくれている黒猫を捜すのは困難である。

「ばあちゃんはあんなこと言ってたけど、どうするの？」

「オスカーの足取りを追うしかないな。事件現場に戻るぞ」

祥明はまるでドラマにでてくる刑事のようなセリフをつぶやき、きものの森川にむかう。

きものの森川では、麻央が閉店の準備をしているところだった。

「あら、祥明さん」

「光恵さんをよんでいただけますか？」

麻央が長いのれんのむこうに声をかけると、奥から光恵がでてきた。クリーム色のカットソーと紺のニットのスカートに着替えているが、髪には焼き魚の匂いが残っている。

「光恵さん、確認ですが、オスカー君は三日前の朝まではたしかに家にいたんですよね？」

「ええ、いつものように朝ご飯を食べて、それからでかけていきました」

オスカーは、雨の日以外、朝食後にでかけるのが日課なのだという。

「いつもは何時頃、家に帰ってくるんですか？」

「そうねぇ、それは日によってまちまちかしら。昼過ぎに戻ってくることもあれば、日が落ちるまで遊んでくることもあるし。でも、晩ご飯までには必ず帰ってくるんですよ」

「光恵さんは、その日はずっと家にいたんですか？」

「いいえ、午前中に掃除や洗濯を終わらせて、お昼ご飯の後は、初江先生の三味線のお稽古に行きました。お稽古の後、みんなで甘味屋さんに行って、帰ってきたのは五時近くだったと思います。その時はまだ明るかったし、今日はオスカーはまだでかけているのね、くらいに思っていました。でも、七時になっても、八時になっても帰ってこないので、だんだん心配になってきて……。そのへんを捜して歩いたんですけど、どこにもいなかったんです」

　次第に光恵の声は暗くなる。

「これまでにも、何日か帰ってこなかったことはありますか？」

「いいえ、一度もありません。夜は必ずあたしのお布団の上で、丸くなって眠るんです。それなのに、この三日間、一体どこでどうしているのか……」

　光恵は声をつまらせた。

「お義母さん、大丈夫ですか？」

　麻央が心配して声をかけると、大丈夫よ、と、光恵はうなずく。

「麻央さんはいかがですか？　最後にオスカー君を見かけたのは、やはり三日前ですか？」

　えーと、と、麻央は小首をかしげた。

「見かけたかもしれませんが、朝はいつも目がまわるくらい忙しいので、よく覚えていません。子供と夫を送りだして、大急ぎで開店準備をして、九時にはお店をあけないといけないので、てんてこまいなんです」

　たしかに大変そうである。

「九時からはずっと店番をされているんですか？」

「そうですね。閉店時間の夜七時まで、ほとんどお店にでずっぱりです。お昼ご飯の時にだけ義父《ちち》に店番をかわってもらいますが、三十分ほどかしら。あの日オスカーはたぶん見かけなかった……と思います。うーん、もしかしたらお店を通って、外に出て行ったのかもしれませんが、全然覚えていません」

どうやら麻央は、オスカーにはあまり興味がないようだ。

忙しくて、猫どころではないのだろう。

次に祥明が話を聞いたのは、ちょうど仕事から帰ってきた麻央の夫、つまり光恵の息子の祐作《ゆうさく》だった。

光恵は中肉中背だが、祐作は縦も横もかなりのビッグサイズである。

「えっ、オスカーまだ帰ってこないんですか？　去勢したとはいえ雄猫だから、縄張り争いに負けて、谷中をでていったのかなぁ。月曜日の朝はいましたよ。いつも通り、母からゆでたお刺身をもらって食べてましたけど、美味しいんですかねぇ。僕は八時前に家をでたので、その後のことはわかりません」

祐作は上野《うえの》の美術館につとめる学芸員で、日中は谷中には戻ってこないため、オスカーの行動範囲などはさっぱりわからないという。

「たしかに夜にはいなくなってましたね。オスカーが帰って来ないって、母が騒いでいました」

「何時くらいに帰宅したか覚えていますか？」

「いつも通り、八時から九時の間でしたよ」

次に話を聞いたのは、光恵の夫で、きものの森川の店主である陽次郎《ようじろう》だ。ただし最近は、店を麻央にまかせっきりにして、碁会所《ごかいしょ》に入りびたっているらしい。

「えっ、わざわざ猫を捜すために人を雇《やと》ったのかい？」

祥明と瞬太が光恵に頼まれてオスカーを捜していると知り、陽次郎は驚いたようだ。

「雇ったというか……まあ、似たようなものですが」

「やれやれ」

陽次郎は寂しくなった頭頂部をつるりとなでる。

「最後に猫を見たのはいつだったか？　うーん、覚えてないねぇ。私はここのところ毎日、午後は碁会所につめていたし。去年まではゴルフにこってたんだが、腰を痛めてしまってね。正座はきついんだが、碁会所は椅子だし。それに最近は膝もあれでねぇ」

「オスカー君がいなくなった理由に、心当たりはありませんか？」

えんえん体調不良の話が続きそうになって、祥明は無理矢理、話を戻した。

「さあねぇ。まあ猫だし、一日や二日いなくなったからって大騒ぎすることないだろう」

「いや、もう三日たつそうですが」

「あれ、そうだっけね。ところであんた、ゴマと黒豆はどっちが健康にいいと思う？」

陽次郎は本当に、オスカーには興味がないらしい。

「何してるの？」

ちょうどそこへ帰ってきたのは、祐作と麻央の娘で、七歳になる星良《せいら》だ。麻央によく似た顔立ちで、人気アニメのキャラクターTシャツにピンクのデニムスカート、というかわいらしい服装だ。今日はスイミング教室があったとかで、髪が濡れている。

「えっ、オスカー、今日も帰ってこなかったの？」

事情を聞いて、星良は小さな眉をきゅっとよせた。

「そうなんだよ。小さなお嬢さんは、オスカー君がいなくなった日のことを覚えてるかな？」

祥明はこんな時でもホストトークを忘れない。

「星良が朝、家をでた時には、まだオスカーはいたよ。ご飯を食べ終わって毛づくろいしてた。でも学校から帰ってきた時には、オスカーはいなかった」

「学校から帰ってきた時間はわかる？」

「四時」

「その後、星良ちゃんはずっと家にいたの？」

「ううん、友達の家に遊びに行った」

「どこかでオスカー君を見かけなかったかな？」

「見てないよ」

星良は人見知りしない性格らしく、初対面の祥明にも、はきはきと答えていく。

「晩ご飯の時間に星良は家に帰ったけど、オスカーは帰ってこなかった。夜遅くになってばあばが捜しにいったけど、どこにもいなかったんだよね？」

「そうなのよ」

星良に問いかけられ、光恵はうなずいた。

「ばあばはオスカーのこと心配だよね？」

「そうよ、三日も帰ってこないなんて。ご飯はちゃんと食べてるかしら」

「でも星良は思うんだけど、ばあばが日曜日に、新しい三味線がほしいわって話してたじゃない？　オスカーはあれを聞いて、自分が三味線にされるって怖くなって、家出しちゃったんじゃないかな」

星良の爆弾発言に、光恵は仰天《ぎょうてん》する。

「そんなまさか……！　ばあばは人工皮革の三味線を買うつもりだったのよ」

「そんなのオスカーにはわからないよ。かわいそうなオスカー。家出しちゃったのは、ばあばのせいだよ！」

「えっ⁉」

孫娘にせめられ、光恵はしょんぼりとうなだれる。

「そんな……あたしのせいなんて……」

「大丈夫だよ、いくら頭のいい猫でも、そこまで日本語わからないよ」

「でもオスカーは本当に賢い猫だから……」

瞬太が慰《なぐさ》めようとするが、光恵はすっかり落ち込んでいる。

「以上で、ご家族全員ですね？」

祥明の問いかけに、うつむいていた光恵は顔を上げた。

「何かわかりましたか？」

「いえ、残念ながら、これといった目撃証言もありませんでしたし、特には」

「そうですか……」

光恵は悲しそうに目を伏せる。

「力およばず申し訳ありません。もう八時になりますし、今日のところはこれで
……」

今度こそ祥明は捜索を切り上げて、帰ろうとした。

が。

祥明が扉を開けると、店の前にぬっと立っていたのは初江であった。

おそらく甘味処が八時閉店で、追いだされたのだろう。

「あら、もうおしまいなの？　他にもまだやれることはあるんじゃない？」

初江の冷ややか視線がつきささりそうになり、瞬太は思わず、祥明のななめ後ろに

退避した。

「しかしもう八時ですから、瞬太君を帰しませんと」

祥明は一応、笑顔をキープしている。

「吾郎にはあたしから電話しておきましたよ」

「ばあちゃん⁉」

瞬太は思わず抗議の声をあげるが、そんなものに動じる初江ではない。

「全力でやりなさい」

「お願いします！」

光恵も必死の表情である。

「あ、そうそう、お腹すいたでしょう？　これ、さし入れよ」

光恵にお茶とおにぎりまで用意され、それでも帰るとは言いづらい。

退路を断たれ、二人は続行するしかなかったのである。

仕方がないので、祥明と瞬太は、ご近所に聞き込みの範囲を広げることにした。まずは、隣のはんこ屋に入ってみる。

「ごめんください」

祥明が声をかけると、カウンターの奥で雑誌を読んでいた女性が顔をあげた。五十歳くらいの、おしゃべりが好きそうな女性である。

「あら、ペット探偵さんたち。オスカーは見つかったの？」

屋外で猫缶作戦やいわし作戦を実行したせいで、すっかりペット探偵だと思われているらしい。

「いえ、まだです。ここ二、三日でオスカーらしき黒猫を見かけませんでしたか？」

祥明の問いに、店番の女性は首を横にふった。

「黒猫はよく見るけど、ちりめんの首輪はしてなかったと思うわ」

「そうですか。つかぬことをおうかがいしますが」

祥明は声をひそめる。

「森川さんのお宅の嫁姑《よめしゅうとめ》関係はどうなんでしょう？　麻央さんがほぼ一人で店番をしているようですが」

瞬太は祥明がいきなり嫁姑問題をとりあげたのでびっくりした。

あの優しそうな光恵と、明るい麻央も、裏ではバトル状態だったりするのだろうか。

沢崎家の嫁姑と違って、とげとげしい雰囲気ではなかったが。

「あれはねぇ、光恵さんが主婦として完璧すぎるから、麻央さんは店番に逃げてるんじゃないかしら。だって光恵さん、料理や掃除はもちろん、洋裁や和裁までできるのよ。嫁としてはやりにくいと思うわ。光恵さんもそのへんを察して、お店や孫のことには口をださないようにしてるみたいだけど。でも、着物の仕立てやお直しは、やっぱり光恵さんの出番なのよ。何せ着物を三日以内で縫い上げちゃうんだから」

光恵は一見、ただの猫好きの上品な奥様だが、実はすごい人だったらしい。

「つまり光恵さんあっての、きものの森川ですか」

「そういうこと。まあ、嫁姑関係が良いか悪いかっていうと、普通じゃないかしらね」

「普通ですか。ちなみに普通の嫁姑の場合、嫁が姑の猫に意地悪をすることってありますか？」

祥明はくいさがった。

「それは、普通、あるかもね。麻央さんは、猫が出入りすると店内に猫毛がちらばるから困るってぼやいてたし」

瞬太と祥明は顔を見合わせた。

「ありがとうございました」

祥明はぎゅっと女性の両手を握り、営業スマイルで礼を言う。

「あら、いいのよ、また何かあったらいつでも来てね」

なごりおしそうに店番の女性は祥明を見送った。

「まさか……麻央さんがこっそり、オスカーを捨てちゃったってこと⁉」

はんこ屋をでると、瞬太はたまらず、祥明に尋ねる。

「可能性はあるな。猫毛を嫌がっていた、か。仮に嫁姑関係が良好だったとしても、嫁猫関係はまた別ということもあるしな」

祥明は、ぶつぶつとつぶやく。

「すぐ近所に捨てに行ったのでは、土地勘のあるオスカーは自力で帰ってきてしまう。オスカーが帰れないほど遠くに捨てに行ったということか？」

「だってお店は？　お昼ご飯以外は一人で店番してたんだよね？」

「内緒でどこかに外出するのを見たという証言でもとれれば……」

だが麻央のアリバイは崩れなかった。

二人は近所の他の人たちにも聞き込んでまわったが、本人の証言通り、麻央はずっと店番をしていたという。

結局その日は有力な情報を得ることはできなかったのであった。

五

十時をまわった頃、瞬太は疲れ果てて帰宅した。

「ただいま……疲れた……」

「大丈夫!?」

玄関で瞬太がへたりこんでいると、驚いてみどりが出迎えてくれた。今日は日勤だったらしい。

「あら、手を怪我《けが》したの？　ちゃんと洗った？」

みどりがてきぱきと傷口を水で流して、パッドをはりつけてくれた。

なんだか小学生の頃を思い出すわね、と、みどりは楽しそうだ。

瞬太は疲労で今にも倒れそうだったが、吾郎がつくってくれたさんまのパエーリヤと鶏の唐揚げのおかげで、なんとか元気をとりもどす。

「おばあちゃんから電話もらったよ。谷中に行ってたんだって？」

吾郎に問われて、瞬太はうなずいた。

「うん、猫を捜してた」

「猫？　おばあちゃんに頼まれたの？」

けげんそうな顔で、みどりが尋ねた。

「うん、でもばあちゃんの猫じゃないよ。三味線教室の生徒さんの猫が三日前から行方不明なんだって。ばあちゃんとその生徒さんが一緒に陰陽屋に来て、捜してくれって頼まれたんだ」

「ああ、そういうことね」

「で、猫は見つかったのかい？」

「ううん、明日の午後また出直すことになった。もちろん学校が終わった後だよ」

「あんまり大変なようだったら、おばあちゃんに電話して断ろうか？」

「大丈夫。うちもジロが行方不明になった時、すごく心配したから、飼い主の人の気持ちもわかるんだ。だから、なるべく早くみつけてあげたくて」

以前、沢崎家のジロがドッグランからいなくなったことがあったのだ。いろいろあったが、幸い今では、沢崎家に帰ってきている。

さっきも家の前で、尻尾をぶんぶん振って瞬太を出迎えてくれた。

「祥明も昔、飼っていた犬がいなくなったって言ってたから、同じ気持ちなんだと思う」

厳密には、安倍家のジョンは、祥明がかわいがっていたのにやきもちをやいた母の優貴子《ゆきこ》が、こっそり捨ててしまったのだが。

「おまえは優しいね」

吾郎は大きな手で瞬太の頭をぐりぐり撫《な》でる。

「そうだ、瞬太は将来、ペット専門の探偵になればいいんじゃないのかしら。嗅覚や聴覚も生かせるし」

突然みどりはひらめいたようだ。

「なるほど、それはいい案だな！」

吾郎も同意する。

「そうだね、ラーメン屋に就職するのは難しそうだし……」

ゴールデンウィーク中、祥明は陰陽屋をまるっと休みにした。なんでも正月にゆっくり休めなかったので、今度こそ本格的に休みたいのだという。

そこで瞬太は、休みの間、上海亭《シャンハイてい》でラーメン屋体験をさせてもらうことにした。ラーメンの料理人はむりでも、ホール係をやればいいんじゃないか、と、岡島《おかじま》に言われたので、試しに経験してみようと思ったのだ。

「いいわよ、うちのばか息子がゴールデンウィーク中は休みたいって言ってるから、瞬太君が手伝いにきてくれたらすごく助かるわ」

江美子《えみこ》もこころよく歓迎してくれた。

そしてむかえた、修業初日。

瞬太はいきなり、思わぬ障害にぶつかった。

上海亭は、ラーメンがメインだが、チャーハンやレバニラ炒《いた》めなどの多様なメニューをそろえた中華料理店である。

「餃子は焼き餃子でいいのかい？　水餃子？」

厨房でご主人が困った顔で問い返す。

「あ、あれ、どっちだったっけ」

「チャーハンは玉子？　海老《えび》？」

「ええと……」

「セット？　単品？」

「うう？」

瞬太は多すぎるメニューを覚えきれなかったのだ。

ゴールデンウィークだったので、家族連れが多かったのも不運だったかもしれない。

「うーん、瞬太君、いつかバイクの免許をとったらまた来てくれる？　出前係だったら、そんなに覚えることもないと思うから」

結局、瞬太は初日でギブアップし、江美子に、気の毒そうな顔でなぐさめられたのであった。

「でも、今日も祥明と二人で何時間もかけて捜したのに、手がかりすらつかめなかったから、ペット探偵はむいてないかも……」

「そうか、いい案だと思ったんだけどな」

吾郎だけでなくみどりも残念そうな顔をする。

「父さん、そもそも、何かおれにできる仕事ってあるのかな？」

「うーん、瞬太は午前中、なかなかしゃっきりおきられないから、九時五時の仕事よりも、午後だけの仕事がいいんじゃないか？」

「午後だけの仕事なんてあるの？」

「ないことはないだろう。居酒屋とか。夜の帰りは遅くなるが、朝早起きするよりはましじゃないか？」

「それいいかも」

昼まで寝て、夕方出勤なんて夢のようだ、と、瞬太はとびついた。

「最近は居酒屋もほとんどランチ営業してるから無理じゃないかしら。きっと午前中から仕込みしてるわよ」

みどりが首を横にふる。

「それならコンビニやスーパーの深夜勤務はどうかな？　時給いいよ」

「それそれ！」

瞬太は身をのりだした。まさに夜型人間のための仕事だ。

「瞬太にレジ打ちができるかしら……。おつり間違えたら大変よ？」

「うっ……」

　自慢ではないが、計算はかなり遅い方である。

「あ、でも、時差のある場所なら、瞬太も自然に早寝早起きできるんじゃないかしら。マグロやカニの遠洋漁業はどう？」

「修学旅行でハワイに行ったとき、すごく時差があったんだけど、昼はもちろん夜も眠くて、ずっと寝てた……」

「えっ、夜も寝てたの!?」

「食事の時以外はほとんど寝てた。一日二十時間くらい」

　高坂たちがおこしてくれなかったら、食事もとらずに、こんこんと眠り続けていたことだろう。

「まさか修学旅行でそんな意外な事実が判明するとは。行っておいてよかったな」

　吾郎の言葉に、家族三人でうなずく。

「この際、瞬太にできることよりも、やりたいことから考えた方がいいんじゃないかな？　たとえば苦手なことでも、どうしてもやりたいっていう強い意志があれば習得が早いと思うよ」

吾郎は暗礁《あんしょう》に乗りあげた家族会議を救おうと、違う角度から建設的な提案をした。

「うーん。やりたいことかぁ」

瞬太は考えこんだ。

「ないの？　ミュージシャンとか漫画家とか声優とかは？」

みどりなりに、学歴不問で男子高校生に人気のありそうな職業をあげてみたつもりらしい。

「そういうの興味ないし……」

「そうよね……」

「うん……」

うなずく瞬太と、ため息をつく両親。

「まあ、別に今日決める必要もないし、もう一度じっくり考えてみなさい」

「うん」

やはり沢崎家の家族会議は暗礁に乗りあげたままなのであった。

六

翌日、祥明と瞬太は午後四時半に日暮里駅で待ち合わせた。

祥明は短時間だけ陰陽屋を営業するのが面倒臭かったらしく、一日まるまる臨時休業にしたらしい。今日のホスト服は黒スーツ、紺のてらてらしたシャツ、薄紫のネクタイである。

「オスカーの足取りを追う作戦はやめた。やはりペット捜索の王道でいく」

「王道って何だっけ？」

「ビラまきだ。あと電柱にも貼ろう」

「ああ」

二人は早速、谷中銀座へむかった。

ビラの原稿は、光恵が大量に撮影していた写真をコンビニでコピーしてつくったものので、特徴をわかりやすくまとめている。

「ビラまきのこと、光恵さんには言ったの？」

「近々まくと伝えた」

「今日まいてるって知らないんだ」

「光恵さんに言うと、きっと自分も一緒にやると言いだすだろう。それはかまわないが、初江さんに知られると、夜、帰れなくなる危険がある」

「そうか……」

たしかに、うっかり初江に知られると、今日こそ徹夜させられるかもしれない。

「早くオスカーを見つけださないと、こっちの身体がもたないぞ」

「うん」

二人は真剣な面持ちでうなずきあうと、ビラをがんがんくばりはじめた。

「あら、こんな感じの黒猫、そこのお寺の境内《けいだい》で見かけたわよ」

「あたしは夕やけだんだんの下で見たわ」

二人の必死な様子が伝わったのか、地元住民から観光客まで、いろんな人がビラを見ては、通りすがりに黒猫情報を教えてくれる。

「じゃあまず、夕やけだんだんから行く？」

「待て、こっちにも情報がきている」

祥明が昨夜のうちにSNSや掲示板で迷い猫情報を募集したら、こちらにも多くの目撃情報がよせられていたのだ。

「あっ、さっきのおばあちゃんが教えてくれた黒猫ってあれじゃない？」

「たしかに黒いが、よく見ろ。腹だけ白い」

「そうか……」

二人は谷中の黒猫を片っ端から見てまわったが、黒猫はどれも真っ黒なので、見分けが難しい。それに谷中は猫の町なので、猫が多すぎるのである。

結局、二日目もオスカーが見つからないうちに、日没をむかえてしまった。

「これだけ捜しても見つからないということは、何らかの事情で帰れないでいるのか……」

祥明は舌打ちをする。

「事情って、うちのジロみたいに、よその家で飼われてるとか？」

「それも有りだが、たいていは事故だ。雨どいに自分からつっこんで抜けられなくなったとか、車にはねられたとか」

「事故……」

瞬太は顔をくもらせた。

「だがもしもこの近所で猫の交通事故があったなら、必ず誰かが教えてくれるはずだから、やはり帰れなくなって困っている可能性が高いな。とにかく原点に戻って、まずは森川家の中を捜索するか」

「占いで近くにいるってでたから？」

「おれの占いを真に受けてどうする。迷い猫というのは、ほぼほぼ家の近所で見つかるものだ。と、昨日見たペット探偵のブログに書いてあった」

「そもそも昨日の占いってさ、失せ物《うせもの》で占ったの？　捜し人？」

「行方不明の動物を占うときの判定のし方が、晴明の本にちゃんとのってるんだよ。もっとも平安時代だから、ペットじゃなくて家畜だけどな」

「えっ、じゃあお品書きに入れてもいいんじゃないか？」

「そのたびにペット探偵の真似《まね》ごとをさせられてもか？」

「それは……やめた方がいいかも」

だよな、と、祥明は肩をすくめる。

二人がきものの森川に行くと、光恵は少しやつれたようだった。

昨日あれだけ捜しても、オスカーが見つからなかったのがこたえたのかもしれない。

「今日は家捜しをさせてください」

「家捜し？　たんすも押し入れも全部捜したのよ」

光恵は戸惑ったような表情で首をかしげる。

「となると、残るは屋根裏と床下ですね。キツネ君、どっちから行きたい？」

「やっぱりそうきたか」

たいてい狭い所や暗い所は瞬太が行かされるのだ。

「屋根裏から行ってみる」

「あ、じゃあ懐中電灯を持って行って」

光恵が懐中電灯を貸してくれた。

実は瞬太は、暗いところでもかなり視力がきく上に、いざとなったら狐火《きつねび》もだせる。だが、断ったら不審に思われるので、一応、借りることにした。

制服のブレザーを脱いで、二階の押し入れの天袋に入り、天井板を下から押すと、簡単に持ち上がった。

真っ暗な中、ほこりを踏み、蜘蛛《くも》の巣をかきわけながら、中腰で瞬太はすすむ。

どうやらオスカーは凄腕《すごうで》のハンターらしく、ネズミもゴキブリもいない。

どこか物陰にオスカーがかくれているとしても、猫臭はするはずだ。

瞬太は主に嗅覚を、ついでに聴覚と視覚も全開にしてみるが、生き物の気配はまったくない。

いざという時は使うといい、と、吾郎が持たせてくれた、削《けず》り節《ぶし》の袋をふってみる。

このカサカサという音とにおいは、焼き魚の煙にまさるとも劣らぬ魔力があるのだそうだ。

が、三回カサカサとふっても、何の反応もない。

そもそもほこりの上に猫の足跡がついていないし、最近オスカーが通った可能性はほぼないだろう。

どうやら天井裏ではなさそうだ。

「だめだ、ここにはいない」

瞬太が天袋からおりると、両手を胸の前でもみしぼっていた光恵の顔に、落胆の表情がうかぶ。

「でもまだ床下が残ってるから、行ってみる」

「お願いするわね」

光恵の期待を一身に受けて、瞬太は床下にもぐりこんだ。今度は中腰になる高さすらないので、ほぼ匍匐《ほふく》前進だ。しかもいろんな音や臭いが混じっているので、天井裏よりも捜しにくい。あちこちから猫の臭いがするから、オスカーはよくここで遊んでいたのではないだろうか。

瞬太は再び、削り節の袋をカサカサふってみた。

「ニャ」

反応ありだ。

「オスカー？　どこにいるの？」

右手に狐火をともしてみるが、猫らしい姿は見えない。

瞬太は嗅覚と聴覚を全開にした。

カタカタ、と、右手の方でかすかな物音がする。

物音がした方を狐火で照らすと、段ボールの箱があった。

ここから物音が聞こえたような気がする。

そもそも床下に段ボール箱っておかしくないか？　瞬太が箱をひきずって外にでると、中からのっそりと、緑の目の黒猫がでてきたのであった。

「オスカー！　心配したのよ、まあまあ、まさか床下にいたなんて！」

光恵がかけよってきて、黒猫をぎゅっと抱きしめた。

喉《のど》をごろごろならしているし、まっすぐな尻尾にちりめんの首輪。間違いなくオスカーだ。

猫は狭い所が好きだから、自分で床下にもぐったものの、迷ってでられなくなったのだろう。

「お腹すいてるでしょ、すぐにご飯にしましょうね」

光恵はオスカーの背中を優しく撫《な》でながら言った。

「お腹はすいてないと思うよ。オスカーが隠れていた段ボール箱にキャットフードと水の入ったお椀が置いてあるから」

ほら、と、瞬太が段ボール箱の中を見せる。深めの皿が二枚置かれ、片方には俗にカリカリとよばれる猫用のドライフードが、もう片方には水が入っている。

「あら、本当ね。でもどうして……」

光恵の顔が曇る。

いくら賢い猫でも、段ボール箱の秘密基地に水と食糧を用意するなんてことができるはずがない。

「オスカー君は隠れていたのではなく、誰かが床下に閉じ込めていたんでしょう」

祥明がはっきりと口にした。

「誰がそんなことを……！」

光恵は蒼《あお》い顔で、オスカーをぎゅっと抱きしめた。

渋い顔で右手をあげたのは、光恵の夫の陽次郎だった。

「すまん、私だ」

「えっ、あなたが!?」

「おまえにはずっと黙っていたが、実は私は猫嫌いなんだ」

たしかに昨日話を聞いた時にも、不健康自慢ばかりで、オスカーには興味がなさそうだったが、実は嫌いだったのか。

瞬太はびっくりした。

しかし祥明は、首を横にふる。

「腰の悪いご主人が床下にもぐるのは無理でしょう」

「たしかに、おれでもけっこう大変だったよ」

瞬太はシャツやズボンについたよごれをはらいながら言った。

「むむ。たしかに腰痛持ちだが……」

「しかも膝も痛いんだよね？　無理無理」

「いや、これはまいったな」

二人にきっぱりと否定されて、陽次郎は自分の頭を撫でる。

「もう、あなた、つまらない冗談はやめてくださいね。でもじゃあ誰が……」

光恵は安心したような、困ったような複雑な顔である。

「ごめん、母さん、僕なんだ。僕、実は猫毛アレルギーで、特に今の季節は大量の毛が抜けるから、つらくて耐えられなかったんだよ」

次に手をあげたのは、息子の祐作だった。

「その体格で床下は無理です。もぐれるものなら、もぐってみせてください」

「う……」

やはり祥明にきっぱりと却下され、祐作はそろそろと手をおろす。

祥明は森川家の人々をぐるりとみまわした。

「床下にもぐることが可能なのは、麻央さんと星良さんだけです」

「やっぱり、麻央さんなのか……」

「麻央、本当のことを話してくれないか？」

陽次郎と祐作が、麻央を見る。

「えっ!? あたしじゃないわ！」

麻央は驚いて否定した。

「麻央さんの言うとおりです。一日中店番をしていて、オスカー君を床下に隠す時間などなかったはずですから」

麻央のアリバイは、昨日、しつこいほど確認済みである。

「すまない、麻央さん、隣のはんこ屋さんが、おまえが光恵とうまくいっていないと言うものだから」

「僕もはんこ屋さんから聞いて、てっきり……。でも麻央でなければ、誰がやったんだ？」

「まさか……」

全員の視線が星良に集まった。

七

「星良、あなた、まさか……」

麻央が星良を問いただした。

「わけがあるなら正直に話して。星良はオスカーのことが嫌いなの？」

星良はむすっとして下をむく。

「だって……」

ぎゅうっと小さな拳《こぶし》を握りしめた。

「だって、ばあばが、オスカーのことばっかり大事にするから腹が立ったの。オスカーがいなくなれば、もっと星良と遊んでくれると思って。星良、ばあばの一番になりたかったの……」

「星良ちゃん……？」

星良の言葉に、光恵はもちろん、大人たちは全員あっけにとられた。

「星良、何を言ってるの！　ばあばの一番は星良に決まってるじゃない」

驚いて麻央が言う。

「そうだぞ、星良。この世の中に、孫より猫がかわいいおばあちゃんなんて、いるはずないじゃないか」

祐作も星良の両肩に手をおいて、優しくさとす。

「本当に？」

星良はじっと光恵の目を見つめる。

「ばあばは、オスカーよりも星良が好き？」

「……星良ちゃん、あなたにはパパもママもじいじもいるんだから、ばあばはどうでもいいでしょ？」

目をそらして光恵は答えた。

「やだやだ、ばあばの一番じゃなきゃいやなのー！」

星良はわんわん泣きだしてしまう。

「こら、光恵！」

「母さん!」

陽次郎と祐作が同時に声をあげる。

「星良ちゃんは大事な孫よ。とっても可愛《かわい》いわ。でも、星良ちゃんは麻央さんが産んだ子だし、あたしがいないでも生きていけるでしょ？　その点、オスカーはあたしがいないとだめなのよ。あたしもオスカーがいないとだめなの」

　そう言いながら、光恵はオスカーの背中に頰をよせた。

　時おり、せっかちや、熱血の片鱗《へんりん》を見せることがあったので、もしやとは思っていたが、やはり光恵も初江と同類で、嘘のつけない、ちゃきちゃきの江戸っ子だったのだ……！

「お義母さん、大人なんですから、嘘でも星良ちゃんが一番だって言ってください。それで星良の気がすむんですから」

　麻央はため息をつく。

　まったくだ、と、瞬太も思う。

　だが光恵はにっこりと微笑《ほほえ》んで麻央に逆襲した。

「そうよね、あなただって本当は、なんとかっていうグループのアツム君と結婚できるのなら夫も娘も捨てるのにって、このまえテレビを見ながらうっとり言ってたものね」

「ママ!?」

実は麻央はアイドル好きだったらしい。

「そ、それはあくまで架空の話ですから!」

「ママまで、そんなこと思ってたなんて……!」

星良は両手で麻央を突き飛ばした。

「違うのよ、星良、それは絶対実現しない話だから、夢だから……!」

「ママなんか信じない!」

星良は足を踏みならし、鼻水をたらしながら、大声で泣き続ける。

麻央は必死で言い訳するが、号泣する星良の耳には入らない。

その横でしょんぼりしているのは、麻央の夫の祐作だ。

「そうか、僕よりアツム君か……うん、わかってたけどね……」

「アツム君は人間だからまだいいじゃないか。私なんか、猫のオスカー以下だぞ」

「父さん……」

すっかり魂がぬけてしまった父と息子は、遠い目で夜空を見上げる。

五分後。

「ちょっと、祥明さん、何とかしなさいよ」

騒ぎを聞きつけて初江があらわれた。

「私がうけた依頼は猫を捜しだすことですから、それ以上は」

「何を言ってるの！　あなたが猫を閉じ込めたのが星良ちゃんだなんて本当のことを暴露《ばくろ》しちゃうから、こんな家族崩壊をまねいたんでしょ!?　責任とりなさい」

段ボール箱のキャットフードと水はこっそり床下に戻しておけばよかった、と、瞬太も後悔するが、もう遅い。

祥明は、こほん、と、咳払いをした。

「皆さん、何か勘違いしておられませんか？　大切なのは、愛されることより愛することですよ。愛する人がいるというのは、とても幸せなことです」

祥明は歯のうくようなホスト理論で、森川家の人々を言いくるめることにしたらしい。

「ね、猫でも？」

涙目で星良が祥明に尋ねる。

「もちろんです」

「アイドルでも？」

「はい」

星良ちゃんにもいつか心の底から愛せる人があらわれるといいですね、と、祥明は極上の営業スマイルをうかべる。

「探偵さんにも愛する人っているの？」

星良の一言に、祥明の営業スマイルがひきつった。

こう来るとは予想していなかったのだろう。

「……特に誰も……」

祥明は喉から声をしぼりだす。

「猫もアイドルもいないの？」

「以前は犬を飼っていたのですが……。まあ、今は仕事ですね。陰陽屋に来てくださるすべてのお客さまを私は愛しています」

祥明は何とかホスト理論を立て直し、軽く恰好をつけたつもりだった。が。

「つまり誰もいないんだね。かわいそう……」

鋭《するど》すぎる子供の一言に、森川家はしんと静まり返った。

「星良を好きになってもいいよ?」

「……ありがとう」

祥明はなんとか営業スマイルをキープした。

かなりひきつってはいたが。

「がんばって、幸せをみつけてね」

「は、はは……」

「お疲れさま」

今度こそ初江は満足げにうなずいた。

「どういたしまして……」

祥明の多大なる犠牲のおかげで、森川家は円満な家庭生活を取り戻したのであった。

八

強い風が新緑をゆらして吹きぬけていく、土曜日の昼下がり。

瞬太が待ちかねた客人が陰陽屋にあらわれた。

「葛城《かつらぎ》さん！　それに、キャス……じゃなくて、颯子さん！」

「こんにちは、ここが噂の陰陽屋なのね」

月村颯子は、もの珍しそうに薄暗い店内を見回す。

今日も真っ白な髪をなびかせ、頭の上にサングラスをはねあげている。

「お待たせしました、瞬太さん。ゴールデンウィーク中に実家に戻って、兄の部屋を捜索してきました」

葛城は濃い色のサングラスをかけたままだ。すでに身体の一部なのだろう。

「それで、呉羽《くれは》さんの結婚しましたはがきは見つかったの!?」

「はがきは見つかりませんでした。そのかわり……」

葛城がポケットからとりだしたのは、十数枚の写真だった。

若い女性がうつっている。

小柄で、かわいらしい女性だ。

明るい茶色の髪、幸せそうな笑顔、そして、目尻がきゅっとつりあがったトパーズ色の瞳。

「この人……もしかして……？」

「呉羽さまです。兄のカメラに入りっぱなしのフィルムがあったので、だめもとで現像にだしてみたところ、この写真ができあがってきました」

「どうしてお兄さんがこんなに呉羽さんの写真を？」

「……大変残念ですが、兄は呉羽さまのストーカーだったのではないかと……。だから、結婚報告はがきも届かなかったのでしょう」

葛城はうつむいて、しぼりだすように告げた。

「つまり、盗撮ってこと!?」

「まさかあの真面目《まじめ》な兄が、こんなことをしていたなんて……！　颯子さま、本当に申し訳ありませんでした」

葛城は颯子に平謝りである。今にも土下座しそうな勢いだ。

「ちょっと見せていただいていいですか？」

祥明は呉羽の写真を葛城から借りた。

「どの写真も全部カメラ目線ですね。ストーカーにこんな笑顔はむけないでしょう」

「それはつまり……？」

「これは恋人への笑顔ですよ」

祥明の言葉に、葛城はへなへなとくずおれる。とても信じられない、という表情だ。

「恋人……!?　呉羽さまが……!?」

「つまり、十七、八年前に呉羽さんが結婚した相手って、葛城さんのお兄さん？」

瞬太が尋ねると、葛城は首を横にふる。

「……全然聞いていません。兄が結婚していたなんて……！　しかも呉羽さまと……!?」

「あら、いくらなんでも、はがきに書いてある結婚相手の名前が葛城燐太郎《りんたろう》だったら、あたしだって覚えているわよ」

颯子がきっぱりと否定した。

呉羽は葛城燐太郎と恋人同士だった。

だがその一方、呉羽は誰か他の男性と結婚し、颯子にはがきをだした。

ということは……。

「えっ、それじゃ、お兄さんと呉羽さんは不倫ってこと……!?」

「ま、まさか兄に限って、そのような恐れ多い……！」

葛城は今にも卒倒しそうだ。

「ふむ。不倫相手との子供が邪魔になって捨ててしまうという、まれによくあるパターンか？」

祥明が葛城に追い討ちをかける。

「ええっ!?　そんな……！」

葛城は両手で頭を抱えこむ。

だが混乱しているのは瞬太も同じだ。

これ以上調べても大丈夫なのか!?

不安と混乱で押しつぶされそうだ。

ここでやめておいた方がいいのかもしれない……

だが、それはそれで、もやもやが増すばかりだ。

呉羽さえ見つかれば、真実がわかって、すっきりするはずなのに……！

「ここで推測ばかりしていてもらちがあきません。何とか呉羽さんご本人を捜しだして、事実を明らかにしていただかないと」

瞬太の心を読んだように、祥明が言った。

「颯子さま、何とかなりませんか？」

葛城も必死である。

「わかりました。わが一族全員に、呉羽の結婚報告はがきをみつけだすよう、号令をかけましょう」

「えっ、はがきをですか!?」

葛城がうろたえ、尋ねると、颯子はにやりと赤い唇に笑みをきざんだ。

「ついでに呉羽もね」

魔女のような目が、きらりと光ったのであった。

第三話

乙女たちの騒乱

一

六月。

今年は早々と梅雨《つゆ》入りしたせいで、瞬太《しゅんた》も店内ではたきをかけていることが多い。お客さんがいる時はお茶をだしたり、水盆《すいぼん》の準備をしたりするのだが、例年、梅雨時は暇なのだ。

「最近、妙に、飛鳥《あすか》高校の女子生徒が多いな」

せっせと働く瞬太を横目に、休憩室のベッドでだらだらと本を読んでいる祥明《しょうめい》が言った。

「おまえが目当ての女子が多いのは前からだろ」

「いや、今月に入って三割は増えた。それも眼鏡《めがね》女子ばかりだ」

「進路相談じゃないの？」

「そういう感じでもないんだよ。やたら写真をとりたがるし、何なんだろうな」

「ふーん？」

祥明は、頼まれれば、店内でも店外でも気さくに写真撮影に応じる。これで三千円の護符がまた一枚売れると思うと、お安い御用なのだという。

「あ、お客さんだ」

瞬太は階段をおりてくる靴音を聞きつけて、三角の耳をピンとたてた。

「三人だな。女の子っぽい」

そう言いながら、はたきを提灯《ちょうちん》に持ちかえて、店の入り口まで走った。

「いらっしゃい、陰陽屋《おんみょうや》へようこそ」

瞬太が黒いドアをあけると、階段をおりてきたのは、飛鳥高校の制服を着た女子たちだった。

ショートカットの子、バレッタで髪の上半分だけをまとめて、あとの半分の髪をおろしているセミロングの子、ロングへアーを首の後ろでひとくくりにしている子と、髪形はばらばらだが、なるほど、三人とも眼鏡をかけている。

「あ、沢崎《さわざき》君、童水干《わらべすいかん》の写真とっていい？」

「え？　うん、いいけど」

いきなりのリクエストに瞬太は戸惑うが、別に断る理由もない。

「その猫耳、動くんでしょ？　あ、キツネ耳っていう設定なんだっけ？　ムービーで撮ってもいいかな？」

「設定？」

瞬太がうんと言わないうちに、三人は携帯電話やデジカメで撮影をはじめる。ちょっとした撮影会だ。

「あの、君たち一体何しに来たの？　占い？」

「どうする？　先に言う？」

三人はひそひそと打ち合わせをはじめた。

「直接、店長さんに相談したいんだけど」

三人を代表して、ショートカットの女子が言う。

「いらっしゃいませ、陰陽屋へようこそ。本日はどのようなご相談でしょうか？」

騒ぎを聞きつけて、祥明が休憩室からでてきた。

「あっ、店長さん！」

「狩衣《かりぎぬ》よ、狩衣！」

「写真いいですか？」

三人は色めきたつ。

祥明が目当ての女性客は珍しくないが、いきなり撮影に入るパターンはあまりない。

「構いませんが、ご相談があるのでは？」

「あ、そうです、そうです」

ショートカット女子がうなずく。

「ではあちらのテーブル席へどうぞ」

祥明は三人を奥のテーブル席に案内した。

瞬太はお茶をいれるために休憩室へひっこんだが、気になって、つい聞き耳をたてしまう。

「あたしは飛鳥高校パソコン部部長の服部《はっとり》です」

この声はたぶんショートカットの女子だ。

「同じくパソコン部ＣＧ班チームリーダーの六本木《ろっぽんぎ》です」

セミロングの女子か？

「あたしは漫画アニメ研究会会長の飯田《いいだ》です」

ロングヘアーの女子だ。

三人はきびきびと自己紹介をした。

「今年の文化祭用に、パソコン部CG班と漫研のコラボで陰陽師が主人公の新作アニメを企画しています。そこでぜひ陰陽屋さんのご協力をいただきたいのですが、まずはこちらをご覧ください」

パソコン部部長が、かばんからタブレット端末をとりだした。企画書をつくってきたらしい。

瞬太はお茶をはこびながら端末画面をちらりと見たが、まるで大人がつくったプレゼン資料である。さすがパソコン部部長だ。

「平安時代が舞台の、陰陽師が鬼や妖怪と戦うアクションもののアニメにしたいと考えています。こちらの漫画はご存じですか？」

漫研会長がかばんから取りだしたのは、「りとる☆陰陽師ミッチー君」の一巻だった。

「ああ、ミッチー君ですか。読んだことがあります。賀茂光栄《かものみつよし》が主人公の漫画ですよね」

「ご存じでしたら話が早くて助かります。こちらは主に小学生をターゲットにした作品ですが、あたしたちは高校生むけに、もうちょっと大人っぽい陰陽師アニメにしたいと思っています。発表の場が高校の文化祭ですから」

「なるほど。で、具体的にはうちは何をすればいいんですか？」

祥明の質問に、漫研会長の目がキラリと光った。

「まずはその狩衣、前後左右から撮影させてもらいたいんですけど」

さっとデジカメをとりだす。

「式盤《ちょくばん》をつかっているところもお願いします」

ＣＧ班リーダーはビデオカメラ持参である。

「あ、一応、童水干も押さえておいた方がいいかな？」

「一応式神《しきがみ》だからね」

「一応って……」

「何か問題ある？」

「ないけど」

口から先に生まれたような押しの強い女子高生三人に迫られて、瞬太にさからえるはずがない。

その日、陰陽屋は臨時撮影会場となったのであった。

二

翌日も朝から雨だったので、昼食は食堂でとることにした。

「へぇ、パソコン部、今年はアニメを作ることにしたのか」

今日、高坂《こうさか》が食べているのは白胡麻《しろごま》味噌風味のピリ辛担々麺《たんたんめん》だ。例によって新作ラーメンの取材である。

「たしか去年がパソコン占いで、一昨年《おととし》は自作のゲームだったよね」

「あいつら、よく、毎年毎年、新ネタを考えつくよな」

うなずく江本《えもと》はハンバーグ定食だ。

「まあ新聞部とパソコン部じゃ、人数も発想力も桁違《けたちが》いだからね」

鼻にかかった嫌みな声が背後から聞こえてきた。

パソコン部の浅田《あさだ》だ。

左手にパスタセットののったトレーを持ち、右手のひとさし指にちぢれた前髪をくるくるとからめている。

「さてはおまえ、また何かたくらんでいるな！」

瞬太はキッと浅田をにらみつけた。

「沢崎……」

高坂は驚いたような顔をして、瞬太の顎《あご》にすっと手をのばした。顎にごはん粒がついていたらしい。

浅田は、やれやれ、と、肩をすくめる。

「僕は漫研とのコラボアニメには一切関わってないよ。ＣＧ班じゃないからね。そもそも受験勉強が忙しくて、文化祭どころじゃない」

浅田はきっぱりと関与を否定すると、早々に立ち去った。かなり遠くの席についたようだ。

「怪しいな」

しゅるっと麺を吸い込みながら岡島《おかじま》が断定した。

「わざわざ自分から否定しに来るところが、怪しさ満点だよ」

江本も断定する。

「また何か、沢崎や店長さんの足をひっぱろうとしてるんじゃないといいけど」

高坂の言葉に、瞬太は青くなった。

「やっぱりそうかな？」

もともと浅田が一方的にライバル視しているのは、中学三年にして東京経済新聞の読者スクープ大賞を受賞した高坂である。しかし高坂本人にはまったく隙《すき》がないので、いつも高坂がつくった新聞部や、その幽霊部員の瞬太たち、そして瞬太が働く陰陽屋を攻撃するチャンスを狙っているのだ。

これまで二年間、浅田の嫌がらせはことごとく失敗してきたのだが、まだあきらめていないのだろうか。

ある意味、不屈である。

「店長さんはアニメ製作に協力するつもりなの？」

「うん。宣伝効果はあんまり期待してないけど、漫研とパソコン部の女子たちがこのまま陰陽屋のお客さんとして定着してくれるのなら悪くない、って」

「さすが、大人の対応だな」

江本はしきりに感心している。

「アニメ製作に裏がないか、ちょっと調べてみようか？　一週間もあれば何かつかめると思うんだけど」

「えっ、一週間でわかるの？」

高坂の申し出に、瞬太は驚いて問い返した。

「たぶんね」

「じゃあ……」

瞬太は高坂に頼もうとして、はっとした。

奈々《なな》の言葉を思い出したのだ。

高坂は受験生なのだから、甘えちゃだめだ。

頭をぷるぷると左右にふる。

「ううん、やっぱりいいや。今回は浅田もからんでないみたいだし」

「そう？」

高坂は意外そうな顔をした。

おそらく調査の段どりも頭の中でできあがっていたのだろう。

「何か気になることがあったら、ちゃんと言うよ」

「そうか。遠慮はいらないからね」

高坂の笑顔に、瞬太はほっとする。

「ところで岡島、新作のラーメンはどう思った？」

「七十八点。ちょっとスープが薄い。もやしから水がでたんだろうな。ってか、もやし多すぎだろ」

岡島はチャーシューと煮玉子を愛し、野菜には冷たい傾向がある。

「僕はもやしがちょっとかたい気がしたんだけど、その点はどう？」

「おれはもっとシャキシャキかたくてもいいぜ」

「もやしのかたさは好みが分かれるって山田《やまだ》さんに言っておこう」

聞いたことがあるような、ないような名前に、瞬太は首をかしげた。

「山田さんって、例のさすらいのラーメン職人？」

「そうそう、今日もそこでラーメン作ってるよ」

高坂に言われて瞬太は厨房の方を見るが、調理師は全員、おそろいの白の調理服に白い衛生帽子、大きなマスクを着用しているので、誰が誰だかわからない。なんとか男女の区別がつくくらいだ。

「どの人が山田さんなのか、全然わからないな」

「ああ、そうか」

岡島はおもむろに立ち上がると、両手でメガホンをつくった。

「山田さーん、新作食べたよー！」

岡島の声が届いたらしく、小柄な調理師が顔を上げて、会釈する。

「ありがとう！　あとで感想きかせてね！」

なんとさすらいのラーメン職人山田さんは、女性だったのだ。

「山田さんって、女の人だったのか……！」

驚く瞬太に、岡島は、まあな、とうなずいた。

「美人か？」

江本の質問に、岡島は、チッ、と舌打ちする。

「おまえたち、わかってないな。ラーメン職人に、男も女も、美人も不美人も関係ないんだよ。そこにあるのは、真のラーメンを追い求める熱い職人魂だけだ」

岡島の力説に、三人は、おおっ、と、感心した。

だが、あとで瞬太と江本がこっそり高坂にきいたところによると、山田さんはかなりかわいいお姉さんだ、とのことであった。

三

雨の日も、風の日も、アニメ製作チームの女子たちは毎日せっせと陰陽屋へ通ってきた。

今日は備品を片っ端から確認し、撮影している。

「あっ、この占事略決《せんじりやっけつ》っていう本、安倍晴明《あべのせいめい》が六壬式占《りくじんちょくせん》の解釈についてまとめたものですよね！」

ハイテンションでロングヘアー女子が言うと、祥明は笑顔でうなずいた。

「よく知ってますね」

「有名ですから。これも撮影していいですか？」

「何でも撮ってかまいませんよ。どうせ複製品《レプリカ》ですから」

面倒臭がりの祥明がそう答えたのをいいことに、ショートカット女子が本を開き、ロングヘアー女子がデジカメでバシバシと全ページ撮影していく。

どっちがパソコン部でどっちが漫研だったかすでに瞬太には区別がつかないが、もしかしてこの二人は本文も読む気だろうか。

ちなみに陰陽屋に陳列してある和綴《と》じの古書類は、祥明が安倍家の書庫から勝手に持ちだした祖父の蔵書らしい。

「たしか原本は四冊しか伝わってないんですよね？」

ショートカット女子が祥明に尋ねる。

女子たちは、ちゃんと下調べをしてきており、瞬太よりはるかに平安時代の陰陽師について詳しいようだ。

「原本といっても、千年前に晴明が書いた直筆ではなく、後世の人が書き写した写本ですけどね。とはいえかなり古い写本で、貴重な史料であることは間違いないですが。京都大学の附属図書館が所蔵しているものの画像が、ネットで一般に公開されていますから、興味があるなら見てみるといいですよ」

「あたし、それ見ました！　漢字ばかりだし、何がなんだか、さっぱり意味不明でしたけど……」

ネットに原本の画像が公開されているのなら、なにも複製品の撮影をする必要はない気もするが、両方おさえておくと何か役に立つことでもあるのだろうか。

「占事略決を現代語に訳して、解説してくれている本が何冊かでています。と言っても、結局、占いの解釈がえんえん書かれているだけで、とりたてて面白い内容ではありませんが」

ここぞとばかりに祥明がうんちくを披露《ひろう》する。もともと学者の卵だっただけあって、こういううんちく話は得意なのだ。

「あっ、こっちの書物は簠簋内伝《ほきないでん》ですね！」

「もちろんこれも複製品《レプリカ》ですが」

「それでもすごいです」

「へー、そうなんだ」

瞬太がうっかりつぶやいたら、ロングヘアーの女子に、信じられない、という目でにらまれた。

「沢崎君ったら、中学の時からここでアルバイトしているくせに、簠簋内伝も知らないの⁉」

「う、うん」

「まさか、はたきをバンバンかけてるんじゃないでしょうね？」

「かけてる……」

「信じられない！　このお店の本や道具は宝の山よ!?」

「そうなんだ……」

「今度から丁寧に扱いなさい！」

「う、わかったよ」

鼻息を荒くする女子たちの迫力におされて、瞬太はうなだれた。三角の耳もしょんぼりと後ろ向きに伏せてしまっている。

そういえば、以前、祥明の親戚で、妖怪博士の異名をもつ春記《はるき》が陰陽屋に来た時も、本のことをうらやましがっていたような気がする。

「じゃ……じゃあ、おれ、ちょっと、階段を掃《は》いてくるから！」

幸い雨はもうあがっていたので、瞬太はいつもの三倍丁寧に階段を掃き、ついでにまわりの道路まで掃いて、女子たちが陰陽屋からでてくるのを待った。

結局、二時間近く居座った後、ようやく女子たちは退散していったのであった。

「熱心なのはいいが、質問がやたらに多くて細かいのにはまいったな」

女子たちが帰った後、祥明はぐったりとテーブルにつっぷした。

「何を聞かれたの？」

「脚本を担当している子の質問は、陰陽寮に暦と占いの両方の部門があるのはなぜか。キャラクターデザインを担当する子は、陰陽師の服装あれこれ。ＣＧで動作を担当している子は、式盤の正式なまわし方。ちゃんと昼と夜で違うってことまで知っていて、両方実演させられた」

瞬太には答えがわからないどころか、質問の意味すらちんぷんかんぷんである。

「さすがに疲れたな。今は梅雨で暇だからいいものの、この調子で九月の文化祭まで質問攻めが続いたら仕事にならないし、何か対策を考えないと」

「もう来ないでくれって断ろうか？」

「うーん、いや、助っ人をよぼう」

祥明はむくりと身体《からだ》をおこした。

四

翌日は梅雨の合間の青空だった。

雲は少ないが、陽射《ひざ》しが強く、じわじわと蒸し暑い。

瞬太が午後四時すぎに陰陽屋へ行くと、予期せぬ人物が、奥のテーブル席に腰をおろしていた。

仙人のような、浮き世離れした雰囲気をまとった長身の老人だ。白い半袖《はんそで》の開襟《かいきん》シャツに、涼しげな麻のパンツとカンカン帽という、クラシックなスタイルがよく似合う。

祥明の祖父の安倍柊一郎《しゅういちろう》だ。

「やあ、瞬太君。元気そうだね」

「じいちゃん、春休み以来だね！　今日は祥明に用事で来たの？」

「うん、何だか助っ人がいるとかでヨシアキによばれたんだよ」

祥明と書いてヨシアキと読むのが祥明の本名である。

「助っ人って……えっ、助っ人をよぶとは言ってたけど、じいちゃんをよんだの？　じいちゃんって、大学の偉い先生だろ!?　高校生の部活のためによんでいいの!?」

瞬太は仰天《ぎょうてん》して祥明を見るが、涼しい顔をしている。

「大学の授業はもう持っていないから、ちょうど退屈していたんだ。しかもかわいい女子高生たちの役にたてるのなら、断る理由はないだろう？」

柊一郎は柔和な笑みをうかべた。

「かわいいっていうか……怖いっていうか……」

「ん？」

「いや、何でもないよ」

瞬太は笑ってごまかす。

せっかく国立《くにたち》から来てくれたのに、出鼻をくじくようなことはしたくない。それに、わざわざ警告しないでも、いずれはわかってしまうことだ。

「こんにちは、今日も質問があるんですけど」

噂をすれば影、漫研とパソコン部の女子たちが今日もどやどやとやってきた。数えてみると四人もいる。

「じゃ、じゃあおれ、お茶いれてくるね！」

瞬太は、文字通り、尻尾《しっぽ》を巻いて休憩室に退避した。

「陰陽屋へようこそ、お嬢さんたち。今日は専門家が出張教授に来てくれました。聞きたいことは全部聞きつくしてください」

「えっ、あたしたちのためにわざわざ来てくれたんですか⁉」

「ありがとうございます」

「早速、質問があるんですけど」

瞬太がお盆に湯呑みをのせてそろそろとはこんでいくと、女子たちは真剣にノートをとっている。

「陰陽師というのは、所詮は官僚だからね。本来は他の貴族たちと同じ服装なんだよ。でもそれだと誰が陰陽師だかわかりにくくなるね。別に歴史ドキュメンタリーをつくってるわけじゃないんだから、君たちの好きなようにアレンジしていいんじゃないかな」

柊一郎のアドバイスに、ロングヘアーの女子が目を輝かせる。

「ありがとうございます、博士！　あたしたち、ここの店長さんの白い狩衣のイメージがあったので、史実との折り合いをどうつけていくかすごく迷ってたんです。でも博士のおかげで決心がつきました」

博士というのは、女子たちが柊一郎につけたニックネームらしい。

実際に博士号の一つや二つは持っていそうだが。

「あたしは背景担当なんですけど、この時代の屋敷の構造についてわからない所があるので教えてもらえますか？」

「どれどれ」

物腰《ものごし》柔らかで博識な柊一郎はあっというまに女子たちに大人気だ。

「すごいな、おれ、いつも授業中寝てるから知らなかったんだけど、みんなこんなに真面目に勉強するのか」

「違うよ」

ロングヘアー女子がきっぱりと否定した。

「違うの？」

「たいていの授業はつまらないから、あたしはノートに漫画描いてる。現代文とか大嫌いだし、時間の無駄だから」

「あたしは脚本書いてるかな」

「え、じゃあ、どうして今日だけ真剣なの？　アニメのため？」

「当然じゃない。つくるからには中途半端はやりたくないし、九月まで全力疾走するよ」

あとの三人も、うんうんとうなずいている。

「へ、へぇ〜」

なんだかよくわからないけど、こういうのを情熱的というのだろうか。

「僕もこんなに熱心な生徒は久しぶりで楽しいよ。アニメをつくるためっていう明確な目的があるから、ただ漫然と日本史や文化史に興味があるだけの学生よりも、質問もはるかに具体的だしね」

柊一郎はにこにこしている。

どうやらオタク女子たちの探究心が、柊一郎の学者魂に響いたようだ。というか、学者も所詮、オタクなのだろう。

すっかり意気投合しているようだ。

とにかく熱い。

瞬太は熱気にあてられ、ふらふらしながら休憩室にもどった。

キツネ耳のせいで、出張講義の内容は全部聞こえてしまうのだが、何の話をしているのか、半分もわからない。

アニメを作るのって、そんなに面白いのかなぁ。

瞬太はため息をつく。

結局、柊一郎の特別講義は、約三時間にわたって続いたようだ。

瞬太がうたた寝から目覚めた時には、女子たちは帰り支度をしていた。

「じゃあ今日はこれで」

「ありがとうございました！」

四人は疲れも見せず、階段を上って帰っていく。

「あっ、七時をすぎちゃったね！　もうアジアンバーガーの打ち合わせはじまってるかな？」

「チームごとの進捗報告も気になるし、急いで行こう」

「あたし今日はガパオのライスバーガーにしようかな」

「ああ、鶏の挽肉《ひきにく》のバジル炒《いた》めと目玉焼きがはさんであるやつ？　あれ凶悪に美味《おい》しいよね！」

階段での会話が瞬太のキツネ耳に聞こえてきた。

どうやらアジアンバーガーでお腹を満たしつつ、その日の成果や進捗を確認しあっているらしい。

ちなみにアジアンバーガーというのは、その名の通り、エスニック系のちょっとかわったハンバーガーや生春巻き、トムヤムクンが人気のファーストフードチェーンで、去年の春、陰陽屋の近くに王子《おうじ》店ができたのだ。

たまたま店員が陰陽屋の前で倒れたのがきっかけで、夏場に祥明と二人で通いつめることになったのだが、あの時の竹内慎之介《たけうちしんのすけ》はまだ王子店で働いているのだろうか。

「アニメチームの女子たち、なんだか楽しそうでいいなぁ」

瞬太が両腕を、うーん、と、伸ばしながら店に戻ると、柊一郎も帰り支度をしているところだった。

「おや、瞬太君、お疲れさま」

「じいちゃんこそ。あ、そういえば、おれ、じいちゃんにききたいことがあったんだ」

瞬太は声をひそめた。

「あのさ、祥明って、本当は学者になるはずだったたって、槙原《まきはら》さんから聞いたことあるんだけど、他にやりたい仕事ってなかったのかな？」

「どうだろうね。小さい頃から学術書ばかり読んでいて、他の仕事にはあまり興味を示さなかったが……。そういえば、犬をとてもかわいがっていて、獣医もいいな、と、言ったことがあったね。ただ母親の優貴子《ゆきこ》が犬にやきもちをやいて、嫌がらせをするものだから、犬がかわいそうになってあきらめたようだが」

「犬のジョンを捨てちゃった事件だね」

「その前にも、ジョンのお気に入りのオモチャをかくしたり、リードを切って散歩中に逃げるようしむけたり、日がな一日、お経のCDを聞かせたり、いろいろつまらない嫌がらせをしていたよ。額に肉ってマジックで書いたこともあったね」

「……誰かとめてよ！」

「我が娘ながらあまりに面白いので、ついつい、次は何をやるのか楽しみになってしまってねぇ。ジョンには悪いことをしたと悔やんでいるよ」

「じいちゃん……」

さすがの瞬太もあきれ顔である。

「まあ結局、ヨシアキは獣医にもならず、学者にもならず、いろいろあって今の店を始めたわけだが、瞬太くんもそろそろ進路に迷うお年頃かな？」

柊一郎の問いに、瞬太はドキッとする。

「まあ、うん、そうなんだ。アニメチームの女子たちみたいに好きなことがはっきりあればよかったんだけど、今のところ特になくて」

「そんなにあのお嬢さんたちは楽しそうだったかい？」

「うん。みんな好きなことに一直線って感じで、暑苦しかったけど面白そうだった。正直、おれには話の内容はよくわからなかったけど。もう二年半もここでアルバイトしてるのに、知らないことばっかりなんだな」

「知らないことに気がついただけでも進歩だよ。これを機に、瞬太君もあのお嬢さんたちと一緒に勉強すればいい。きっと陰陽屋のアルバイトがもっと楽しくなるよ」

柊一郎はにこにこしながら励ましてくれる。

「ありがとう。でも、おれ、勉強はすごく苦手で……」

「勉強だと思わなければいい」

「へ？」

「彼女たちとおしゃべりを楽しむつもりでやればいいんだよ」

「そんなことできるのかな？」

「できるできる。無理にとは言わないけど、気が向いたら一緒に話を聞くといい。僕もまた来るから」

柊一郎はゆったりと微笑《ほほえ》むと、帽子をかぶった。

「みんなアジアンバーガーに行ったみたいだけど、じいちゃんは行かないの？」

「うちで奥さんが食事を用意して待っているはずだから、帰ることにするよ。それじゃあまた」

「助かりました」

礼を言う祥明にうなずくと、柊一郎は国立に帰って行った。

祥明はちらりと時計に目をやる。

「もう七時二十分か。もうお客さんは来そうにないから、今日はあがっていいぞ」

例によってやる気に欠ける店主は、さっさと通りにだした看板をしまいこんだ。

瞬太も着替えると、「じゃあな」と店をでる。

階段をのぼっていた時、ふと、女子たちの誰かが言っていた「ガパオのライスバーガー」「凶悪に美味しい」という言葉が脳裏によみがえった。

前回アジアンバーガーに行った時はそんなバーガーはなかったと思うが、新商品だろうか。それとも季節限定品か？

ひょっとして、今行かないと、二度とチャンスはないかもしれない。

それに、あの熱いアニメチームの女子たちがどんな打ち合わせをしているのかも、ちょっぴり気になる。

瞬太の足は、吸いよせられるように、アジアンバーガー王子店にむかっていた。

五

久しぶりだな、と、思いながら、アジアンバーガーに足をふみ入れた途端、瞬太は背後からぐいっと右腕をつかまれた。

驚いてふりむくと、見たことがあるようなないような女性が、自分の腕をつかんでいる。大きなキャスケット帽に太いフレームの眼鏡、太いボーダーのカットソー、ちょっと濃いめの頬紅《チーク》に、オレンジの口紅。

「遅かったじゃない、こっちよ」

「えっ!?」

女性は瞬太を店の隅へひっぱっていった。

「あの、誰かと間違えてるんじゃ？」

「あたしよ」

とまどう瞬太に、女性は声をひそめて言う。

この声、それに匂いは記憶にある。

「その声、もしかして、えん……」

途中まで言ったところで、瞬太は口をふさがれた。

目でうながされ、店の窓際にあるカウンター席に二人並んで腰をおろす。

すっぴんの顔しか見たことがなかったから、とっさにわからなかったが、この匂いは間違いない、ストーカー兼新聞部員の遠藤茉奈《えんどうまな》だ。

「あんた一人？」

「うん」

「そう、よかった。店長さんが来たら、目立ちすぎてどうにもならないところだった」

そう言いながらも、やはり心配なのか、帽子を脱いで、瞬太にかぶせる。

「えっと、何か秘密の調査？」

ひそひそ声で瞬太が尋ねると、遠藤は小さくうなずいた。

遠藤は顎をしゃくり、窓ガラスをさす。

窓にうつっていたのは、女子ばかり十人ほどの団体だった。さっきまで陰陽屋にいた四人もいる。ほとんどが見たことのある顔だ。

例のアニメの打ち合わせだろう。

「え、アニメチームを探《さぐ》ってるの？」

「主にパソコン部を探ってくれって言われてるんだけど、どうも様子が変なのよ」

遠藤に調査の指示をだしたのは、おそらく高坂だろう。

瞬太は断ったが、やはり気になって調べてくれているのに違いない。

「変って何が？」

「反対の壁際、観葉植物の隣を気づかれないように見て」

遠藤は携帯電話を見ているふりをしながら、その上に重ねた手鏡で肩越しに反対側をうつした。

瞬太も遠藤の携帯画面を見ているようなそぶりで、鏡をのぞく。

鏡の中では、野球帽をかぶり、サングラスをかけた男が、一人で揚げえびせんべいをつまんでいた。帽子からはみだしている毛髪は、インスタントラーメンのように縮れている。

「……浅田!?」

「そう」

「何だあのわざとらしい帽子とサングラスは。変装のつもりか？　え、あれ、まさか？」

「昨夜も一昨日《おととい》の夜もいた。どうやらあいつも、アニメチームを探っているらしい。あの席からはギリギリ会話が聞こえる」

「同じパソコン部なのに？　何でこそこそしてるんだろ」

たしかに変だ。

だがそれはそれとして。

「でもこの席からは、全然アニメチームの会話聞こえないよね。遠藤はどうやって調べてるの？　まさか唇が読めるとか？」

「録音してる」

「え？」

「アニメチームの打ち合わせはいつもあのテーブルだから、テーブルの裏にレコーダーを仕込んで、あいつらが帰った後で回収してる。本当は秋葉原《あきはばら》で盗聴器を買ってこようかと思ったんだけど、それはやめろって委員長に止められたから」

「ふ、ふーん」

　こっそり録音するのも、高坂が知ったら止めそうな気はするが、聞かなかったことにしておこう……。

「それで、昨日はどんな相談をしてた？」

「キャラクター設定と脚本でもめてたみたい」

「へー、そうなんだ」

　そんな内容なら、自分が聞いてもわからなそうだし、当初の目的であるガパオのライスバーガーだけ食べて帰ろうかな。

　いやでも浅田がこっそり偵察に来ているというのが気になる。

　しかも三日連続ってどういうことだろう？

　ちょっとだけ聞いてみるか、と、瞬太は思い直す。

　瞬太はキツネの聴力を全開にした。

　だが、店内には音楽も流れているし、他の客たちの会話や食事の音も入ってくるので、アニメチームの会話だけを拾うのは意外と難しい。

「だめだな」

「何が？」

「おれ、耳がいいのが自慢だから、何か聞き取れるかと思ったんだけどさ」

「無理でしょ？」

「聞こえないこともないけど、意味がわからないや。晴明《せいめい》がうけとか、博士がうけとか、何だかもめてるみたいだけど」

瞬太が首をかしげると、遠藤が驚いてふりむいた。

「本当に聞こえてるんだ！」

「え？」

「三日前からずっとそのことでもめてるんだけど、今日さらに何かあったみたいね」

「重要なことなのかな？」

瞬太が遠藤に尋ねた時。

「あっ、瞬太君じゃないか！　久しぶりだね、元気だった？」

脳天気な声をかけてきたのは、慎之介だった。アジアンバーガーの制服を着ているから、まだこの店で働いているようだ。

　慎之介の声で、アニメチームの女子たちが一斉にふりむいた。

「あの帽子かぶってるの、沢崎じゃない！」

「ちょっと、どういうこと？」

「あたしたちの話、聞かれたかな⁉」

　どうやら、瞬太には聞かれたくない話だったらしい。

　ショートカット女子がさっと立ち上がって、瞬太のもとにかけよってきた。

「いつからいたの？」

「一分くらい前だけど……」

「あれ、何かまずかった？　もしかして隠れてたの？」

　慎之介が余計なことを言って、さらに事態を混乱させる。

「ふーん、ここに隠れてたんだ」

　ショートカット女子は腕組みをし、瞬太をみおろした。

「違うよ、たまたまだよ」

「じゃあここに何をしに来たの？」

「何って、も、もちろん食べに来たんだよ。えーと、ガなんとかっていうライスバーガーが美味しいって聞いて」

「じゃあどうしてライスバーガーを注文してないの？」

瞬太の前には、食べ物も飲み物も置かれていない。

「えっ、いや、だから、今、来たばっかりで、えっと、これから注文するところなんだよ、なっ」

「うん」

瞬太が遠藤に同意を求めると、遠藤は小さくうなずいた。

遠藤はうつむいたまま、眼鏡のつるを片手でつまんで、さりげなく顔をかくしている。さすがベテランのストーカーだ。

「あら、女の子連れ？　もしかしてデートだから、あたしたちから隠れてたの？」

「そうなんだ」

「なんだ、邪魔して悪かったわね」

「う、うん。じゃあおれ、ライスバーガー買ってくるから……」

なんとか誤魔化《ごまか》せた、と、瞬太がほっとしたのもつかの間。

「よく見ろ！　その女は新聞部の遠藤だ！　二人でこっそりアニメの進捗を探りに来たに決まってる!!」

観葉植物のかげに隠れていた浅田が立ちあがり、遠藤を指さした。

「その声、浅田!?」

「あんたこそ、そこで何してるのよ！」

浅田は、しまった、という顔をするが、もう手遅れである。

店内は、蜂《はち》の巣をつついたような騒ぎとなったのであった。

六

瞬太と遠藤、そして浅田も、アニメチームが陣取っていた一角に呼びよせられ、とりかこまれた。

アジアンバーガーの店内で、そこだけが異空間となり、他の客たちも店員も近づいてこようとしない。

そもそもの発端をつくった慎之介も、「あっ、レジに入らなきゃ！」と、見え透いた言い訳をして逃げだしてしまった。

「浅田さぁ、あたしたちの打ち合わせを盗み聞きしてたんだよね？」

ショートカット女子が問いつめる。

「失敬だな、たまたま食事に来たんだよ」

「一応揚げえびせんべいをつまんでいた形跡はあるけど」

バレッタで髪をまとめた女子が、さっきまで浅田が隠れていた観葉植物の横の席に腰をおろした。

「でも、そっちのテーブルの会話はまるっと聞こえるわね。たいして離れてないんだから当然だけど」

「ああ、そうさ。君たちの話は全部聞かせてもらったよ。聞こえてしまったんだから仕方ないだろう？　どうしても聞かれたくない密談だったら、カラオケボックスの個室でもとればよかったのさ」

浅田はすっかり開き直った。

「なんですって⁉」

「そもそも、パソコン部は部員の七割が男子なのに、男子を入れず女子だけでこそこそと校外での打ち合わせを繰り返してるから怪しいとは思ってたんだ」

　浅田はだんだんいつもの調子がでてきたらしく、野球帽を脱ぎ、縮れた髪を指先にからめている。

「まさか文化祭上映アニメがあんな内容だなんてね！　陰陽屋の店長さんが知ったら卒倒しちゃうんじゃないのかい？」

「それは……」

　鬼の首をとったように浅田が言い放つと、ショートカット女子は言葉につまった。

「普通の陰陽師もののアニメじゃないの？」

　瞬太の問いに、浅田はにやにや笑う。

「陰陽屋の店長さんもそう思ってるだろうね。ところが実は……」

「浅田君！」

　ロングヘアーの女子が顔色をかえる。

「秘密をばらされたくないのなら、この先は僕の指示に従ってもらおうか」

「まさか、アニメの監督をやるっていうの？」

「そういうことになるかな」

「あんたがそういう奴だから、アニメチームからはずしたんじゃない……！」

ショートカットの女子が悔《くや》しそうに奥歯をかみしめた。

浅田は、食堂では、自分は受験勉強があるから文化祭どころではないと言っていたが、実のところ、性格の悪さが災いして、アニメチームに入れてもらえなかったようだ。

浅田をはずした部長たちの気持ちは瞬太にもよくわかる。

「じゃあ、あのことを店長さんに教えてもいいんだね？　今回の企画自体がなくなっちゃうかもしれないけど」

絶好調で浅田が、指にくるくるからめた髪をはねあげた時。

「それはまず、私が話を聞いてから判断させてもらおうか」

ひどくとげとげしい声の祥明が、それでも一応、営業スマイルを顔にはりつけて、浅田の背後から言った。

「えっ、店長さん!?」

「どうしてここに？」

浅田はもちろん、女子たちも祥明を見て青ざめた。

「おまえがよんだのか⁉」

浅田ににらみつけられたのは瞬太だ。

だがそんなことはしていない。

「無理だよ。おれずっとここにいたし、携帯とか一度も使ってないだろ？」

「慎之介君が走ってよびにきたんだよ。キツネ君の一大事だって言うから、一体何事かと思って来てみれば」

「僕にも若干、責任があるかなと思って」

慎之介はへらっと笑いながら、頭をかいた。

見事なファインプレーだ。

「慎之介さん、ありがとう！」

瞬太が礼を言うと、いやいやまあ、と、照れ笑いをうかべて、今度こそレジにむかっていった。

「で、そんなことより、秘密とは？」

祥明の微笑が黒い。

「クッ」

浅田は悔しそうに顔をゆがめたが、すぐに立ち直った。

「そんなに聞きたければ教えてやるよ」

「ちょっと、浅田……！」

「やめなさいよ！」

女子たちがとめようとするが、浅田の耳には入らない。

「こいつらがつくってる陰陽師アニメは、ＢＬなのさ」

勝ち誇ったように浅田は言った。

「あー、もう！」

「バカ浅田！」

女子たちから一斉に文句をあびせられるが、一切無視だ。

祥明は顔に黒い微笑をはりつけたまま沈黙した。

「ビー……エル……アニメ？」

瞬太はぽかんと口を半分ひらいて、小首をかしげる。

「そうさ、ＢＬさ、驚いたか」

浅田は、ざまあみろ、と、言わんばかりだ。

「いや、意味がわからない。ビーエルって何だ？」

「ああ？　まじかよ」

浅田は、チッ、と、舌打ちした。

「ボーイズラブ、つまり男と男の恋愛ものだよ。こいつら、藤原道長《ふじわらのみちなが》と安倍晴明と賀《か》茂保憲《ものやすのり》の三角関係にするつもりなんだぜ。架空ならまだしも、実在のおっさん、いや、じいさんキャラが三人ラブラブ不倫なんて、濃すぎて気色悪いっつーの」

「へー？」

そう言われても瞬太には全然ピンとこない。

晴明が千年ばかり前に実在した陰陽師だというのは、陰陽屋でアルバイトをはじめたばかりの頃に聞いたが、あとの二人も歴史上の人物なのだろうか。

「キスシーンもあるらしいぜ。最悪だろ？」

「ふーん？」

やはり瞬太には何が何だかよくわからない。

「小学校の文化祭じゃあるまいし、そのくらいのことで大騒ぎしていたのか」

まったく理解できずにいる瞬太のかわりに冷ややかに答えたのは祥明だった。

「そのくらい……って、えっ、いいのか!?　BLだってことは内緒で手伝わせてたんだろ!?」

浅田は慌《あわ》てふためいて問い直す。

「なぜ私が文句を言う必要があるんだ。私がその三人の直系の子孫だというのならともかく、何の関わりもない人たちだ。そもそも恋愛対象も創作表現も個人の自由なんだから、キスでもハグでも好きにすればいい」

「店長さん……！」

「ありがとうございます！」

さっきまで真っ青な顔で緊張していた女子たちが、一斉に歓喜の声をあげた。

隣の子とハイタッチしたり、ぴょんぴょん跳《は》ねている女子もいる。

「あんまり過激にすると、職員室の方からストップがかかるかもしれないから、そこはほどほどに」

「はいっ」

女子たちは今にも祥明に抱きつかんばかりだ。

「じゃあ私はこれで」

祥明は女子たちに笑みをふりまくと、さっさとアジアンバーガーをでていった。

浅田も脱兎のごとく逃走する。

「あ、沢崎」

ショートカット女子が瞬太の方をむいた。

「えっ⁉」

まだ何か言われるのだろうか、と、瞬太は緊張する。

「デートの邪魔をして悪かったね」

「あ、ああ」

「お詫《わ》びにおごるよ」

すっかりご機嫌になった女子たちは、二人にガパオライスバーガーセットをご馳走してくれたのであった。

七

翌日の昼休み。

高坂が校舎の屋上にでるドアをあけると、生暖かく湿った大気が流れこんできた。空の大部分は灰色の雲におおわれているが、ところどころ晴れ間も見える。

「まだ濡れているかな？　はい、これを敷いて」

準備のいい高坂が新聞を用意していたので、各自、尻の下に敷く。

「今日は浅田が妙にがしょぼくれてるけど、昨日何かあったのか？」

期待に満ちた顔で江本が尋ねた。

「いろいろね。遠藤さんから話してもらった方がいいかな」

「遠藤？」

高坂の指名をうけて、遠藤がすっと姿をあらわした。岡島の大きな身体の後ろにかくれていたらしい。

「いつのまに⁉」

岡島が驚いて、身体をねじる。

「ええ」

「順をおって説明してくれる？」

「わかりました」

高坂に頼まれ、遠藤はうなずいた。

「ここ一週間ほど、比較的ガードのゆるい漫研に潜入し、調査をおこなってきました」

さすが遠藤、いきなり本格的である。

「文化祭で自主製作のアニメを上映したいという企画をたてたのは、漫画アニメ研究会の方です。ただ、漫研だけでは人手もパソコンも圧倒的にたりません。そこで漫研は、パソコン部に協力を申し込むことにしました。パソコン部も毎年、文化祭用に新作ソフトを作るのに飽きていたところだったので、すんなりとその提案を受け入れたようです。もともとパソコン部部長と漫研会長はオタク女子友だちで、仲が良かったということもあります」

「へぇ、そうだったんだ」

そういえば、よく一緒に陰陽屋へ来てたっけ、と、今さら瞬太は納得する。

「最初はよくある感じの洋風冒険ファンタジーと、学園ラブコメの企画が有力だったのですが、最終的には陰陽師が主人公の和風ファンタジーに決まりました。ちなみに陰陽師をからめようと発案したのは浅田です」

「やっぱり浅田がかんでたのか」

江本はそばかすのういた鼻にしわをよせた。

「陰陽屋で取材をさせてもらえばいい、とか、宣伝すると言えばきっとただで協力してくれる、きっと店長さんのファンが見にきてくれるから盛り上がる、など、言葉巧《たく》みに部員たちを説得してまわったようです」

「嘘は言ってないな。あいつの本心はともかく」

あっという間に仙台《せんだい》の牛タンおにぎりを食べつくした岡島は、名残《なごり》おしそうに、指の腹をなめている。

「当然、浅田は自分が陰陽師アニメの監督におさまるつもりでした。が、本格的な作画に入る前の、ストーリーやキャラクターを決めている段階で、例の両部長が意気投合し、女子向けテイストが濃厚になってきました。陰陽屋さんへ取材に行った時、店長さんが彼女たちのストライクゾーンだったことが決定打だったようです」

「祥明のせいだったのか……」

瞬太は、はあ、と、ため息をつく。

「その結果、パソコン部の大半をしめる男子部員たちは、背景や動画わり、ＣＧ効果など、技術力は必要ながらも、作品コンセプトには関与しない仕事を割り振られていきました」

「浅田も何か割り振られてたの？」

「浅田はふてくされて、受験勉強が忙しいから文化祭の企画には一切参加しないと拒否しました。しかし、やはり気になって、しばしばアジアンバーガーでメインスタッフによる打ち合わせを盗み聞きしていたようです」

「文句があるなら、堂々と反対すればよかったのに」

瞬太はさんまの生姜煮《しょうがに》を頬張りながら、素朴な感想を言う。

「あえて女子たちを暴走させておき、いずれはBLアニメであることを陰陽屋の二人に暴露して、ぎゃふんと言わせてやるんだ、と、自分に言い訳していたようですが、実のところ、逆らう勇気がなかったのでしょう」

「あいかわらずだなぁ」

「情けない……」

「ただのバカだろ」

遠藤の辛辣《しんらつ》すぎる分析に、高坂、江本、岡島はそれぞれの感想を口にし、あきれかえった。

「でも店長さん、昨夜、浅田が暴露した時に、ぎゃふんどころか、全然平気だったんだって？　さすがだね。もしも対応を間違ってたら、女子高生たちの心がはなれていたかもしれない。浅田だって、調子にのって手におえなくなってたかも」

　高坂の指摘に、遠藤もこくりとうなずく。

「いや、あれは、お客さんや浅田への対応とか、そういうんじゃなかったと思う」

　瞬太はばつが悪そうに、首の後ろをかいた。

「祥明は、とにかく、一刻も早く帰りたかったんじゃないかな」

「どういうこと？」

「祥明の服に、ほんのちょっとだけど、上海亭《シャンハイてい》のラー油の匂いがついてた。でも口からはしなかった。ということは、いつものようにラーメンと餃子《ギョーザ》のセットを注文して、小皿に醤油とラー油を入れて、いざ食べようとした時に、慎之介さんが上海亭にかけこんできたんだ。それで、おれが大変なことになってるからって、無理矢理アジアンバーガーまでひっぱっていかれて……」

「なにっ、それじゃ麺がのびるじゃないか！」

　岡島が血相をかえて叫ぶ。

「そうなんだよ。それで、アニメの内容なんかどうでもいいから、早く上海亭に戻りたかったんだと思う」

「でも戻った時は、麺がのびのびになってたんだろうな。気の毒すぎるぜ……」

岡島がコンクリートの手すりに爪をたてながら、慟哭《どうこく》する真似《まね》をした。

「店長さんって、口は悪いけど、意外と沢崎のことは大事にしてるよね」

高坂は冷静に感心する。

「結果的に女子のハートをがっちりつかんじゃうなんて、うらやましすぎるだろ」

あやかりてぇ〜、と、膝頭に頬づえをついたのは江本だ。

「でもこれで一件落着なんだよね？　今年の文化祭では、浅田は何もしかけてこないって安心して大丈夫？」

瞬太の問いに、高坂は首をかしげた。

「そんなことあるのかな？」

「どうだろ。九月の文化祭までまだ時間はたっぷりあるぜ」

江本はかなり疑っている。

「あいつに限って、おれたちの期待を裏切るようなことはしないだろう」

岡島は確信しているようだ。

「そうだよね」

瞬太も気をひきしめる。

「文化祭には絶対、浅田は何かやらかしてくれるはずだ！」

四人の意見は一致した。

「浅田真哉《しんや》に何かしてほしいんですか？」

遠藤の冷静な指摘で、四人ははっと我に返る。

「とりあえず、クギをさしておこうか」

コホン、と、高坂は咳払いをした。


午後二時すぎに、雨がまたふりはじめた。教室にザーザーと強い雨音がひびく。

ホームルームが終わった後、さっさと教室からでようとする浅田を、高坂がよびとめた。

「ちょっと聞きたいことがあるんだけど」

浅田はチラッと瞬太の方を見る。

「アニメのことなら、僕は参加してないから。受験勉強が忙しくて、君たち新聞部に関わっている暇はないんだよ」

浅田は前髪を指にからめて、くるくるまわしながら、不機嫌そうに答える。

強制的にアニメのメインスタッフからはずされたことは、何があっても言いたくないようだ。

「聞きたいのは別件だよ」

「別件？」

髪をくるくるまわしていた浅田の指がとまる。

「沢崎は化けギツネの力で人を呪《のろ》うってSNSに流したの、君だろ？　あと、僕をしもべにしてるとか、事実無根の虚偽《きょぎ》を書いてくれたようだね」

浅田は瞬太をチラッと一瞥《いちべつ》した。

「知らないな。いったい何の証拠があって」

「運営元にアカウントの開示請求をしたんだよ。同級生を化けギツネよばわりするひどい誹謗中傷《ひぼうちゅうしょう》の書き込みをした者がいるってね。名誉毀損《めいよきそん》で訴えるためにも、証拠が必要だろう？」

「ええっ、クソッ、だって沢崎は化けギツネだってみんな言ってるぜ!? 実際に噂があるんだから、それを書いて何が悪いんだよ!」

浅田は焦《あせ》って反論した。

「語るに落ちたね」

高坂はにっこり笑う。

浅田にかまをかけたのだ。

「おまえまさか、おれをだましたのか……!」

浅田はチクショウ、と、うめく。

「やっぱりネットの噂はおまえの仕業《しわざ》だったんだな。この卑怯者《ひきょうもの》!」

瞬太は浅田に怒りをぶつけた。

「うるさいな! おまえだっていつも高坂におんぶだっこの卑怯者だろ! 高坂がいなかったら何もできないくせに!」

浅田は瞬太に怒鳴《どな》り散らすと、教室から逃げだしていく。

「おれも……卑怯……?」

「浅田の言うことなんか気にすることはないさ」

「そうそう。どうしても委員長に勝てないものだから、沢崎に八つ当たりしてるんだよ」

高坂と江本が慰《なぐさ》めてくれたが、この浅田の最後っ屁は瞬太の心をえぐったのであった。

八

雨の中、瞬太がとぼとぼと陰陽屋まで歩いて行くと、店の中からかわいらしい声が聞こえてきた。

この声は絶対に間違えない。

瞬太は大急ぎで狭い階段をかけおりると、黒いドアをあけた。

「三井《みつい》!?」

「沢崎君、お疲れさま。あたしも噂の進路相談に来ちゃった」

奥のテーブル席に、祥明とともに腰をおろした三井が、にこりと笑う。

三井が陰陽屋に来たのは三年生になってからはじめてだ。いつも一緒の倉橋《くらはし》がいないのは、たぶん剣道の大会が近いからだろう。

「すぐにお茶をだすね！」

瞬太は大急ぎで着替えながら、お茶をいれる。

お盆に湯呑みをのせてはこんでいくと、テーブルの上にはトランプが並べられていた。トランプ占いだ。

最近、進路相談にくる高校生が急に増えたので、いちいち式盤をまわして解釈するのが面倒臭くなったのだろう。

「十一枚のうち、ハートが七枚。信じた道をすすめ、と、占いにはでていますね。本当は、やりたいことがもう決まっているのではありませんか？」

「えっ？」

「自分に正直になってみてください。アイドルでも、医者でも、まずはチャレンジしてみることからはじまります」

「アイドルなんて、違います！」

「では？」

もちろん祥明は三井がアイドル志望などではないことを知っている。とっぴな目標でも口にだしやすくするために、例にあげたのだ。

「えっと……」

三井は口ごもった。

「お嬢さんは陶芸部でしたね。陶芸家はめざさないんですか？」

大きな瞳がかすかにゆれる。

さすが祥明。

たぶんビンゴだ。

「陶芸家なんてとんでもない。部活を二年二ヶ月やっただけで、才能なんか全然ないんです」

三井が首をぷるぷると左右にふると、ふわっといい匂いがひろがった。瞬太は思わず、大きく息を吸い込む。

「私には陶芸の経験がないのでわからないのですが、部活を二年二ヶ月やっただけで、才能があるかどうか、わかるものなんですか？」

「えっ」

三井はびっくりして、大きく目を見開いた。

「もちろん、プロの陶芸家になるだけが、陶芸に関わる仕事ではありません。美術館の学芸員になるもよし、美術の先生になるもよし、町の陶器屋さんになるもよし、いろんな道があります。最終的にどのコースをめざすにしても、本格的に陶芸の勉強をしておいて損はないと思いますよ。もちろん、選ぶのはお嬢さんご自身です」

「ありがとうございます」

きっと三井は、期待していた以上の助言を祥明からもらったのだろう。

早速、学業成就のお守りを買い、何度も嬉しそうにお礼を言って、帰っていった。

花柄のかわいい傘が商店街に消えていく。

「三井も自分の道を決めたのか……」

「彼女の場合は、ほぼ決めていたみたいだがな。後押しがほしかっただけだ」

いつまでも何も決まらないのは自分だけだ。

一人では何もできない卑怯者、か。

瞬太は梅雨空にむかって、ため息をついたのであった。

九

午後四時半頃、沢崎家では、夜勤明けのみどりが目をさまし、おきだしていた。

「おはよう」

パジャマのままダイニングキッチンに顔をだすと、吾郎《ごろう》がコーヒーをいれているところだった。

「あら、いい匂い」

「そろそろおきてくる頃だと思ってね」

吾郎はコーヒーのはいったマグカップをみどりに渡す。

「また降ってるの？」

「梅雨だからね」

みどりはレースのカーテンごしに庭を見た。もうすぐゆりが咲きそうだ。

「瞬太がいないと静かなものね」

ダイニングテーブルの椅子に腰をおろして、マグカップを口にはこぶ。

「いても静かなものだよ。昼間はずっと寝てるんだから」

「それもそうね。でもほら、いると何となく、生き物の気配があるじゃない。寝返りうったり、寝言いったり」

「それはあるね」

ふふっ、と、二人は笑いあう。

「瞬太が何も話してくれないから、昨日、こっそり陰陽屋に行って、祥明さんに聞いちゃったわ。葛城《かつらぎ》さんは一度来たんだけど、呉羽《くれは》さんはまだ見つかってないんですって」

「それで瞬太としては、話すほどのことじゃないって判断したんだね」

「何か動きがあったら、必ずあたしたちにも教えてくださいってお願いしてきたんだけど、いいわよね？」

「もちろん」

「今度こそ、お母さんなのかしら」

みどりは庭を見ながらつぶやく。

「瞬太はどうするのかしらね……」

「たとえお母さんが見つからなくても、瞬太ももう高校三年生だ。そろそろ独立して出ていきたいって言いだす年頃だよ」

「そういえば、あたしも十八で気仙沼《けせんぬま》をでて、東京の看護学校に進学したんだっけ。今になって、東京は危ないとか、物価が高いから暮らしにくいとか、せめて仙台にしろとか、何だかんだと理由をつけて反対したがった親の気持ちがわかるわ」

みどりは苦笑した。

今のうちにあれもこれもしておいてやりたいと、気が焦《あせ》るばかりで、結局何もできていない。

たまねぎも切れないことが確認できたくらいだ。

「そうだ、七月になったら、紫里《ゆかり》姉さんのところの瑠海《るみ》ちゃんがまたうちに来るそうよ。赤ちゃん産むことに決めたみたい。父さんには、ご飯のこととか気をつかわせちゃうけど」

「大船に乗ったつもりでまかせなさい」

心配ご無用、と、吾郎は自分の胸をたたく。

「あーあ、瑠海ちゃん、本当にうちで赤ちゃん産んでくれないかしら」

そしたら瞬太がいなくなっても寂しくないのに、という言葉をみどりは飲み込んだ。

「とりあえず、今日のところはジロと散歩してくるわ」

「ジロのレインコート、玄関にだしてあるから」

「ありがとう。じゃあ顔を洗ってくるわね」

みどりはマグカップをダイニングテーブルに置くと、立ち上がった。

第四話

母をたずねて三万マイル

一

七月に入り、関東ではようやく梅雨《つゆ》があけたかと思うと、いきなり猛暑日が続いている。

「こんばんは」

小さな旅行かばんを抱えて沢崎《さわざき》家にやってきたのは、みどりの姪《めい》の小野寺瑠海《おのでらるみ》だった。瞬太《しゅんた》とは同い歳の従姉《いとこ》にあたる。

「いらっしゃい、瑠海ちゃん。荷物はこれだけ?」

玄関まで出迎えたみどりは、瑠海のかばんを受け取った。

「うん、服や参考書は宅配便で送った。明日の午前中には着くと思う。とりあえずこれ、お土産《みやげ》ね」

瞬太は瑠海からやや大きめのタッパーを受け取った。たっぷりスパイスのきいた美味《おい》しそうな匂いがぷんぷんする。

「おおお、この匂いは気仙沼《けせんぬま》のばあちゃん特製、メカカマの唐揚げ! ありがとう」

瞬太はタッパーに頬《ほお》ずりした。

メカカマとはメカジキのカマのことで、その唐揚げは祖母の得意料理なのである。ぷりっとした歯ごたえとスパイスの配合が絶妙なのだ。

「赤ちゃんは順調そうね」

だいぶ大きくなってきた瑠海のお腹に、みどりは目を細めた。春休みに上京してきた時はぺったんこだったお腹が、今ではそれなりにふっくらしている。ゆったりしたチュニックで誤魔化《ごまか》すのもそろそろ限界だろう。

「子供はね。あたしはつわりで地獄だったけど」

「地獄!?」

瞬太は驚いて、タッパーをぎゅっと抱きしめた。

「お腹が目立たない間は、高校に通うつもりだったけど、全然無理だったわ。コンビニの前を通っては吐き気、蕎麦《そば》屋の前を通っても吐き気、とにかく食べ物のにおいが全然だめだった」

「そんなに大変なんだ……」

そういえば、春休みに瑠海が東京に来た時も、洗面所で吐いていたっけ、と、瞬太は思い出す。

「まるっきりつわりがない人もいるんだけど、これぱっかりは個人差が大きいから仕方ないのよね。中には産み月に入っても、つわりがおさまらない人もいるのよ」

「そうなんだ……」

みどりの解説に、瞬太は蒼《あお》ざめる。

「そんなこんなで、結局、高校へ通うのはあきらめて、四月からは在宅学習にしてもらった」

「休学ってこと？」

「違う。うちの高校も、昔は出席日数がたりない生徒は留年か退学だったんだろうけど、今は毎月レポートを提出すれば卒業させてくれる制度があるのよ」

「テストも補習もないの？」

「うらやましそうな顔をしない！」

みどりに叱《しか》られて、はーい、と、瞬太は首をすくめた。

「で、やっとつわりがおさまってきたと思ったら、いきなりお腹が大きくなってきたから、近所のコンビニにも行きづらくって」

ずっとひとつの町で生まれ、育ってきたため、近所の人にはほぼほぼ、瑠海の顔も名前も家族構成も知られている。

まだ高校生で、独身で、教師の娘である瑠海が大きなお腹を抱えて歩けば、恰好の噂話のタネにされることは間違いない。

そこで瑠海は、安定期に入るのを待ちかねて、東京に避難してきたのだ。

「別に法にふれることをしたわけじゃないし、それどころか、すごくおめでたいことなんだから、堂々としてればいいのよ」

みどりはにこにこ笑いながら、瑠海のお腹をなでる。

「そうは言っても……」

「まあ小さい町だものねぇ。でも東京なら人目も気にならないでしょ？　生まれるまでずっとうちでのんびり過ごすといいわ。男の子かしら、女の子かしら、楽しみねぇ。籍は入れることにしたの？」

「うん、伸一《しんいち》が十八になったら速攻で入れるつもり」

伸一というのが子供の父親の名前らしい。

「でもあたしがこんなに大変なのに、伸一は何食わぬ顔して、一人ちゃっかり高校行って、部活とかやって、楽しく高校生活おくってるのよ。あいつが高校行ってようといなかろうと、あたしの身体《からだ》にかわりはないってわかってるけど、でも、めっちゃ腹立つ」

瑠海が暗い声で言うのを聞いて、瞬太はビクッと肩をふるわせた。

自分のことではないのに、同じ十七歳の男子高校生として、なんとなく申し訳ない気持ちになる。

「つわりはかわってもらえないけど、子育てや家事は男でもできるから、来年はめいっぱいこき使ってやるといいわ」

「そうする」

みどりの前向きなアドバイスに、瑠海は大きくうなずいた。

いろいろ愚痴《ぐち》ってはいるが、三月に来た時にくらべれば、ずいぶん明るくなったようで、瞬太はほっとする。

子供を産むと腹をくくったことで、瑠海なりに覚悟ができたのだろう。

「そういえば、今でもこの家では吾郎《ごろう》おじさんがご飯つくってるの？」

「我が家の主夫だからね。でも夏の間はガンプラがあるから、あんまりこったものはつくれないと思うけど」

　今年も九月一日が応募の締切なので、吾郎は夜な夜なガンプラとむきあっているのだ。

「ガンプラ？　あの、ガンダムの？」

　瑠海は戸惑ったような顔をした。

「そうそう、そのガンプラ。ちゃんと大人部門もあるのよ。大会に応募する作品を制作してて、今年こそ入賞をめざすって、張りきってるわ」

「入賞すると、何かいいことはあるの？　賞金がもらえるとか？」

「詳しくは知らないけど、賞金はないんじゃないかしら？　でも日本一に選ばれると、日本代表として、世界大会にでられるって言ってたわね」

「ガンプラって世界大会があるの!?」

「そうなのよ、びっくりでしょう」

「かなりね」

　あの吾郎おじさんがねぇ、と、瑠海はかなり驚いているようだ。

「おーい、ご飯できたよ」

ちょうど台所から吾郎の声が聞こえてくる。

「行こうか。世界をめざす男がよんでるわ」

ププッと笑い、みどりと瑠海は立ち上がった。

二

陰陽屋《おんみょうや》はもともと地下で陽射《ひざ》しが入らない上に、冷房もつけているので、薄暗い店内は真夏もひんやりとしている。

午後四時すぎに瞬太が汗だくで陰陽屋に着くと、祥明《しょうめい》は休憩室のベッドに寝そべって、本を読んでいた。優雅なものである。

「ああ、気仙沼のお嬢さん、またおまえの家に来てるのか」

「うん、出産や結婚にむけていろいろ準備してるみたい。今度ベビー服を買いに行こうって、母さんと盛り上がってた。秋には生まれるんだって。春までは同じ高校生だったのに、もうすっかり別世界の人になっちゃった感じだなぁ」

瞬太は、ふう、と、大きく息を吐いた。

「キツネ君はまだ高校卒業後の進路が決まらないのか」

「うん。やれる仕事、やりたい仕事も、見つからないんだ。その前に卒業単位も全然たりてないんだけどさ。来週は期末試験だし、永遠に時間が止まっちゃえばいいのにって思うよ」

瞬太は、ふううぅぅ、と、さらに大きく長い息を吐く。

こんなことを言っていたら、また高坂《こうさか》の妹に叱られそうだが、それ以上に、高校に行けるだけましだと瑠海につっこまれそうで、家でうかつに愚痴《ぐち》もこぼせない。

「と、お客さんだ。この音は……」

階段をおりてくる力強い靴音に瞬太は耳をそばだてた。

スニーカーをはいた若い男性だ。

「この靴音は！」

瞬太は黄色い提灯《ちょうちん》を手に、入り口にむかってかけだした。

「いらっしゃい、槙原《まきはら》さん。久しぶりだね！」

瞬太が黒いドアをあけると、予想通り、槙原秀行《ひでゆき》が階段をおりてきた。

今年も夏の定番のTシャツにジーンズ姿だ。背中の文字は「絶対にあきらめない」

である。

「やあ、瞬太君。今日も元気そうだね」

「これでもいろいろ大変なんだよ、高三だから」

家で愚痴をこぼせないぶん、つい槙原にこぼしてしまう。

「えっ、もう高三なの？」

「背はちっとも伸びないけど、一応ね」

「大丈夫、心は大きく育ってるさ」

陽に焼けた顔で、うんうん、と、槙原は瞬太にうなずいた。

よくわからないが、どうやら励ましてくれているつもりのようだ。

「ところでヨシアキは今いるかな？」

「いるよ。おーい、祥明！　槙原さんだよ！」

瞬太に大声でよばれ、しぶしぶ祥明はでてきた。

「秀行が来ると、ろくなことがないんだが……」

「まあそう言うなよ。おれとおまえの仲じゃないか」

槙原家と安倍《あべ》家は隣同士で、二人は幼なじみなのである。さらに言えば、瞬太が知る限り、槙原は祥明のたった一人の友人のようだ。

「はいはい。で、何があった？」

「実はな」

槙原はすすめられてもいないのに、さっさと店の奥のテーブル席に腰をおろした。

持参したコンビニのビニール袋から、冷えた缶コーヒーを二本とオレンジジュースをとりだし、テーブルの上に置く。

「その、何て言うか……」

「話しづらいことなら、無理に話さないで帰っていいぞ」

「そう言うなよ」

槙原は、こほん、と、咳払いをした。

「実は、柔道連盟の偉い人が持って来てくれた縁談を断りたいんだが、何て言えば角が立たないのか、うまい理由が思いつかなくて困ってるんだ」

「断る？　なぜ？　秀行の分際で図々しい。これが最初で最後のチャンスかもしれないんだから、せめて会うだけ会っておけ」

祥明は缶コーヒーのプルタブをおこしながら、呆《あき》れ顔で答えた。

「うちの家族にもそう言われて、会うだけ会ったんだ。でもそれが最大の失敗だった……」

槙原は深刻そうな表情で、腕組みをする。

「熊みたいにマッチョな柔道女子だったのか？」

「いや、そんなことはない。五二キロ級だし。でもおれが一番苦手なタイプだったんだ」

槙原はため息まじりに話しはじめた。

お見合い相手の女性である逢坂詠里子《おうさかえりこ》は、柔道の有段者だが中肉中背、しかもなかなかの美人だ。とある有名私立大学を卒業して、現在は大手警備会社の事務員をしているという。

そこまでは会う前からわかっていた。

問題は。

「ものすごく、弁が立つんだ」

槙原は両手でぎゅっとコーヒーの缶を握りしめた。

「祥明みたいな感じ？」

「似てるけど違う。何もかも理路整然と押してくるんだ。二言目には、それは非論理的ですね、っておれの話を全否定してくるんだ」

「ヒロンリテキ……!?」

瞬太は目を大きく見開き、あっけにとられた。

そんな日本語、使ったこともなければ、使われたこともない。

「常に明快な理由説明を求めてくるんだよ。だから、小一時間話しただけでものすごく緊張したし、疲れたんだ。うっかり詠里子さんと結婚したら、一生尻に敷かれること間違いないし、恐怖しか感じないよ」

いつも明るく気のいい槙原が、珍しく、背中を丸めて暗い顔をしている。

「じゃあその柔道連盟の偉《えら》い人とやらに、今回の縁談は断るって言えばいいだけの話だろう」

そんなことでわざわざ王子《おうじ》まで来るなよ、と、祥明は肩をすくめた。

「断ったよ！　彼女はおれには、もったいなすぎます、って。でも、そんな遠慮はしないでよろしい、って却下されてしまったんだ」

「そんな心にもない嘘をつくからだ」

「嘘じゃない。何て言うか、縁談を断る時の常套句《じょうとうく》だろ」

「それはもう、好みのタイプじゃないってはっきり言うしかないな」

「無理だ！　詠里子さんは柔道連盟の西東京支部会の会長の奥さんの姪なんだ！　そんな失礼なこと言ったら、うちの柔道教室はおしまいだ！　なんとか角が立たないように破談にしてくれ！」

槙原家の敷地には、祖父がつくった小さな柔道場があり、そこで柔道教室をひらいている。

しかし最近はそもそも少子化の上、柔道をやりたいという若者も少なく、生徒は減る一方だ。

槙原も無給で子供教室を手伝っているが、いくら一生懸命教えても、受験を機にやめてしまう子が大半である。

そんな苦しい経営状況の柔道教室にとって、柔道連盟の偉い人の不興を買うなどということは、絶対に避けなければならないのだ。

「ひゃー、大変だなぁ」

「大変だよ、瞬太君！」

槙原の必死の訴えに、祥明は、やれやれ、と、肩をすくめた。

「使い古された手だが、むこうから断ってくれるようしむけるしかないな」

「断ってもらえれば、すごく助かるよ。でもどうやったらいいのか……」

「何か失礼なことを言ったりやったりして、相手に嫌われればいいだけのことじゃないのか？」

「だから失礼なことはできないんだよ！　詠里子さんは柔道連盟の西東京支部会の会長の奥さんの……」

堂々巡りである。

「正直に、この縁談をそちらから断ってもらいたいって、そのお見合い相手の人にお願いしてみたら？」

瞬太の提案に、槙原は目をしばたたいた。

「それは考えなかったな」

「だめかな？」

「やってみないとわからないが……」

「だめもとで試しにやってみたらどうだ？」

祥明も缶コーヒーを飲み干しながら言う。

若干、口調がなげやりなのは、どうでもいいと思っていることのあらわれだろう。

「そうだな。だめもとでやってみるか」

槙原は腕組みをしたまま、重々しくうなずく。

「……でも何て言えば失礼にあたらないのか、ちっとも思い浮かばないよ！　それにきっと、理由を論理的に説明しろって言われるし……。頼む、祥明！　おれを助けてくれ!!」

槙原は両手をあわせ、祥明を拝《おが》み倒《たお》したのであった。

三

日曜日の午後六時すぎ。

槙原は逢坂詠里子を陰陽屋に連れてきた。

槙原から聞いていた通り、詠里子は中肉中背のきれいな人である。セミロングの黒髪に、細いえんじのフレームの眼鏡《めがね》で、涼しげなストライプのシャツブラウスに紺のタイトスカートをあわせている。

定休日なので階段の上の看板もだしておらず、他のお客さんが来る心配はない。

瞬太はお茶をだすと、すぐに休憩室にひっこんだ。

「いらっしゃいませ、陰陽屋へようこそ。私はこの店の主で、秀行とは幼なじみの安倍祥明と申します」

祥明も一応、席にはついたものの、それ以上は話そうとしない。借りてきた猫ならぬ、借りてきた陰陽師である。

本当は立ち会いたくなどないのだが、槙原に拝み倒されたので、しぶしぶ同席しているのだ。

「おんみょうや？　かわったお店ですね。こんなお店は初めてです」

「占いをしたり、お守りの販売などをやってるんですよ」

祥明が何も答えようとしないので、仕方なく、槙原が詠里子に説明をする。

一分間ほどの沈黙の後。

「あの……詠里子さん」

「はい」

槙原はいきなり、頭をがばっとさげた。

「お願いです、自分との縁談を、詠里子さんの方から断りたいと、支部会会長にお伝えいただけませんか!?」

「え?」

詠里子は驚き、あっけにとられている。

「秀行さんは、わたくしとの縁談を断りたいのですか?」

十秒ほど沈黙した後、詠里子は尋ねた。

「……はい」

槙原は大きな身体《からだ》を小さくしてうなずく。

「それならば、秀行さんが断るべきですよね。なぜ、わたくしから断らねばならないのですか? 論理的に説明してください」

きた、論理的!

休憩室にいた瞬太は、三角の耳をピンとたてる。

「詠里子さんはおれ、いや、私にはもったいなすぎるので断りたいと言ったのですが、理解してもらえなくて」

「もったいなすぎる？　何がどうもったいないのですか？　明快な理由説明をお願いします」

「え、ええと……」

早くも槙原はギブアップである。そこまで考えていなかったのだ。

槙原は必死の視線で祥明に助けを求めた。

「美しい詠里子さんに対し、秀行はむさ苦しいじゃがいも面《づら》。有名な大企業にお勤めの詠里子さんに対し、秀行はいまだにコンビニのアルバイト。常に論理的な思考を重視する聡明《そうめい》な詠里子さんに対し、秀行はいつも行き当たりばったり。まったくもって釣り合いがとれません」

祥明がすました顔でさらさらと列挙すると、ぐふっ、と、槙原は打ちのめされたように胸を押さえ、うずくまった。いまにも吐血しそうだ。

「なるほど、そのような観点から、わたくしたちは釣り合いがとれていないと秀行さんはお考えなのですね」

「え、ええ……はい」

槙原はうめくように答えた。

「ですが容姿も年収も会う前からわかっていたこと。納得の上、直接、お目にかかることにしたのです。少なくともわたくしの方から、今さら、顔立ちや職業を理由に、縁談をお断りすることはできません」

「えっ⁉」

槙原は意味がわからず、まぬけ面《づら》で硬直する。

祥明は空色の扇をひろげ、いぶかしむような眼差《まなざ》しを詠里子にむけた。

「ひょっとして、詠里子さんは、秀行と結婚してもいいと考えているんですか？」

「可能性はありますが、現在は熟慮を重ねているところで、まだ結論には至っておりません」

「ほう」

祥明は眉を片方つり上げた。

店内はしんと静まり返る。

「お……お茶のおかわりでもいかがですか？」

いたたまれず休憩室からでてきたのは瞬太だ。

「いや、今はいい」

祥明はすげなく断った。

「わたくしも結構です」

「…………」

槙原にいたっては無言で、脂汗を流している。瞬太の声など耳に入っていない様子だ。

きっと詠里子の尻にしかれ、牛耳《ぎゅうじ》られている暗黒の未来予想図で頭がいっぱいなのだろう。

槙原さん、すごくいい人なのに、気の毒すぎる……。

せめてこの沈黙を破れないだろうか。

瞬太はなけなしの知恵をしぼった。

「そうだ、祥明、せっかく陰陽屋に来てくれたんだし、二人の相性でも占ってあげたら？」

「それだ！」

槙原はぱっと身体をおこす。

「頼むよ、ヨシアキ！　占ってくれ！」

暗黒の未来にさしこんだ一条の光にすがりつかんばかりに、槙原は祥明に懇願した。

四

「占いですか?」

詠里子は疑いの眼差しを瞬太にむけた。

「占いっていうのは統計なんだよ!」

瞬太はどこかで聞いたような受け売りを口走る。

「統計ですか、なるほど」

盲信するのはどうかと思いますが、統計上のデータということであれば、参考にはなるかもしれませんね、と、詠里子はうなずいた。

なるべく悪い結果をだしてくれ、と、槙原は祥明に視線で訴える。

「ではこの縁談は吉か、占わせていただきます」

祥明は時代劇の占い師が使うような、細長い棒のたばを棚からとりだした。

「こちらは古代中国から伝わった易占《えきせん》用の筮竹《ぜいちく》です。星占いや血液型占いだと、占う前からある程度結果が読めてしまうところがありますが、易占はそうはいきません。六十四通りもの卦《け》がありますから」

祥明はニヤリと笑うと、筮竹を扇形にひろげ、二つにわけて、数えはじめた。

「ふむ。陰陰陽陰陰陽、これは震為雷《しんいらい》といって、雷が二つ重なっている卦《け》ですね。大騒ぎするわりに、実害はないという卦です。しかし縁談に関しては、残念ながら、良縁とはいえません」

何の本も見ずに結果を告げる祥明に、詠里子は驚いたようだった。

「六十四もある卦を全部覚えていらっしゃるんですか？」

「主だったものだけですが。ご心配でしたら、ネットでご確認いただいてもかまいませんよ」

祥明はにっこりと微笑《ほほえ》む。

たいていの女性は、そこまで自信を持って断言するのなら、と、ひきさがるのだが、詠里子は違った。

「では失礼いたします」

詠里子はバッグからタブレット端末をとりだし、検索をはじめたのである。

「震為雷、でしたね。縁談、良縁といえません。再婚にはよいとします……と、このサイトにはでていますね」

「ええ、易経の解釈はさまざまですが、そのように書かれている本もありますね。ですが、お二人は初婚ですからそもそも関係ないでしょう」

そこまで言って、祥明は眉をひそめた。

「……もしかして、詠里子さんは再婚なんですか？」

「そうですよ。会う前にお渡しした身上書にも、記載されているはずです」

詠里子はまったく動じることなく答える。

「秀行……!?」

「えっ!?」

槙原はジーンズの後ろポケットから、折りたたんだ紙をひっぱりだした。

「あっ、本当だ！」

「……ちょっと来い」

祥明は槙原の腕をとり、休憩室にひっぱって行った。

慌《あわ》てて瞬太も後を追う。

「先に言えよ！　再婚だとわかっていたら、違う占いをしたのに。せっかく縁談に対して否定的な結果がでやすい易占を使ったのにすっかり裏目にでたじゃないか」

一応、祥明なりに、槙原に有利な占いを選んでやったつもりだったのだ。

「……もうこうなったら諦めろ。これも自業自得、もとい、運命だと思って結婚するしかないな。運が良ければ離婚できるかもしれない」

「ヨシアキ、それが幼なじみに言うことか！　もう一度占い直してくれ」

「断る」

祥明にきっぱり拒絶され、槙原はすごすごと店内に戻っていった。

「すみません、今日のところは論理的に説明できないので、もう少し、その、考えを整理してからまたご連絡します……」

「わかりました。ではご連絡をお待ちしています」

詠里子はうなずくと立ち上がり、店から出て行ったのであった。

「ごめんね、槙原さん、おれが占いなんかすすめたもんだから……」

瞬太はしょんぼりと頭をさげて謝る。

「いや、彼女が再婚だって把握していなかったおれもうっかりしていた」

槙原はこれまで見たこともないような、うつろな顔だ。

「まったくだ。占いとは関係なく、そこは把握しておくべきだろう」

「やっぱりヒロンリテキっていうのが離婚の原因なのかな？」

瞬太の疑問に、祥明は肩をすくめた。

「ただの浮気かもしれないぞ。だが、当然、離婚の原因も聞いていないんだな？」

「聞いてないし、たとえ詠里子さんが再婚だと知っていても、どうして離婚したんですかなんて聞けないよ」

槙原はぼそぼそと答える。

「本人に聞きづらかったら仲人《なこうど》に聞けばいい。何のための見合いだ」

「……小さいことを気にする男だって思われたくない……」

槙原の答えに、祥明は極上の笑みをうかべた。

「そんなことを気にしている時点で、おまえは小さい男だ」

「うぐっ」

槙原は、今度こそ吐血しそうな顔で、心臓をおさえたのであった。

五

　夜になって、少し暑さがやわらいできた。沢崎家のジロも、犬小屋の外で気持ちよさそうに寝そべっている。

　瑠海と両親の四人で食卓を囲みながら、瞬太は尋ねた。

　ちなみに今日は三日目のカレーとあじのマリネである。なぜかカレーならもりもり食べられる、という瑠海のために、吾郎が大量に作ったのだ。

「父さんはお見合いってしたことある？」

「ないよ」

「母さんも？」

「ないけど、またお店で何かあったの？」

　瞬太が突拍子もない質問をする時は、たいてい陰陽屋で何かあった時だと、みどりも吾郎も心得ている。

「お見合いの一回目でこの人とは結婚できないって思っても、つきあっているうちに、だんだん相手の良さがわかってくることもあるよね？」

「難しいわね。上の姉さんが言ってたけど、一回会ってだめだな、って思った人は即切った方がいいんだって。一回目でちょっとひっかかった人とは二回会って確認してもいいけど、三回は絶対だめ。会うだけ時間の無駄だって言ってた」

「そういうものなんだ……」

「あくまで姉さんの見解だけどね」

みどりの上の姉は、十回以上お見合いをして結婚を決めたエキスパートなのだという。

「えっ、それってつまり……」

瑠海がおそるおそる手をあげた。

「そうそう、あなたのお母さんのことよ」

「お見合い十回以上かぁ。お母さんらしい堅実なやり方ね」

ふう、と、思いっきりため息をつく瑠海。

「お母さんはあたしのこと、軽蔑してるんだろうな」

「そうかしら？　むしろうらやましがってるかもよ」

「そんなことないよ。家ではお父さんもお母さんも、あたしとは絶対目をあわせないし、食事中もしんと静まりかえってて、針のむしろだったもん。出て行けって言われないだけましなんだろうけど……」

東京にでてきた理由は、もしかしたらそれが一番大きいのかもしれない。

「あ、ごめんなさい、ちょっと電話」

瑠海はポケットからとりだした携帯電話を耳にあて、立ち上がった。

「もしもし、ばっぱ？　うん、あたし」

ばっぱということは、気仙沼の祖母からだ。

「え、ううん、何も連絡ないけど、どうかした？　ばばばばばっ、伸一が⁉」

瑠海の顔色がかわる。

気仙沼弁では、「ええっ」にあたるのが「ばばっ」だ。ばを五つも重ねたということは、相当な驚愕《きょうがく》である。

「どうしたの？」

みどりの問いに、瑠海は唇をふるわせた。

「し……伸一が、昨日、高校に行った後、家に帰ってこないって……」

「伸一って、赤ちゃんのお父さん？」

「信じられない！　あのクソバカ！　逃げたんだよ！」

瑠海は携帯電話を持った右腕を振り上げ、力まかせに、キッチンの床にたたきつけようとした。あやういところで瞬太がスリッパを投げ、携帯電話とフローリングの床の間にすべりこませる。

「る、瑠海ちゃんの携帯に連絡あるかもしれないから、壊すのはまずいよ」

瑠海が今度は携帯電話を踏みつぶそうとしたので、瞬太は急いで拾い上げた。

「とにかく落ち着いて……」

「落ち着くなんて無理！　結婚しよう、幸せにするからって言ったんだよ!?　嘘つき！　大嘘つきだよ！　気仙沼に帰ってあいつを見つけだして殺す！」

こんなに逆上して怒鳴《どな》り散らす瑠海を見るのは初めてで、瞬太は震え上がった。

まさに鬼の形相《ぎようそう》だ。

怖い、怖すぎる……！

「まあまあまあ」

「何か家に帰れない事情があるのかもしれないから」

吾郎とみどりが立ち上がって瑠海をなだめる。

「事情って⁉」

「そうだな……交通事故とか……交通事故とか？」

吾郎は他に思いつかないようで、交通事故を繰り返した。

「とにかくお腹の赤ちゃんにさわるから、ね」

「ううぅ……もうやだ……」

今度は瑠海はぽろぽろ泣きだしたではないか。

どうなるんだろう……

瞬太はただただあっけにとられて、立ちつくすのであった。

六

日曜日もよく晴れた暑い日になった。蝉《せみ》がうるさいくらいに鳴いている。

炎天下、瞬太がよろよろしながら陰陽屋へ行くと、祥明はいつものように、休憩室のベッドに寝そべって本を読んでいた。

「どうした？　キツネ君、寝不足の顔だな。珍しく心を入れ替えて、試験勉強でもしたのか？」

「そんなんじゃない」

瑠海のことを話すと、ふむ、と、祥明は眉を片方つりあげて、空色の扇を開いた。

「そちらも破局色濃厚だな。こっちは円満な破局だが」

「円満な破局？」

「今朝、秀行から電話があって、結局、詠里子さんの方から縁談を断ってくれたらしい。おれのおかげだって感謝しまくってた」

ミッションを達成したわりには、なんとなく腑《ふ》に落ちない様子である。

「へえ、良かったね。でも詠里子さんは、自分の方から断ることはできないのかって、納得してなかったよね。なんで急に気がかわったのかな？」

「さあな。熟慮を重ねた結果、秀行と結婚すべきではないという結論に達したんじゃないか？」

「そっかぁ。詠里子さんって、変わってるけど、悪い人じゃなさそうだったし、もったいない気もするけど、仕方ないね」

「おまえは他人《ひと》のことより、勉強しろ。まずは漢字の書き取り五十回」

「うう……」

瞬太は童水干《わらべすいかん》に着替えると、書き取りノートと筆記用具を机の上にひろげた。

椅子に腰をおろした瞬間、強烈な眠気におそわれる。

だが、遠くから、救いの音が聞こえてきた。

ハイヒールの、女性にしては力強い靴音。これはたしか。

「え、まさか、詠里子さん……?」

「なに?」

祥明も驚いて身体をおこした。

「ど、どうして……?」

「恨《うら》みごとでも言いに来たのか?」

二人で顔を見合わせる。

そうこうしているうちにも、靴音は着々と近づいてきた。

キーッ、と、音をたてて、黒いドアがひらく。

「行け」

祥明に顎《あご》をしゃくられ、瞬太ははじかれたように立ち上がった。黄色い提灯を手に取り、入り口に走る。

「い、いらっしゃいませ……」

「こんにちは」

ドアを開ける前からわかってはいたが、逢坂詠里子が一人で入り口に立っていた。

特に恨みがましい雰囲気はない。

「昨日はお世話になりました。ヨシアキさんはいらっしゃいますか？」

固苦しいくらい丁寧な口調で、瞬太に尋ねる。

「いるけど……占いのことで何か？」

「いえ、ヨシアキさんとお話をしたくてまいりました」

「えっ!?」

もしかして、あれだろうか。

以前槙原が言っていた、自分が好きになった女の子はことごとく祥明が好きで、というう、世にも恐ろしいパターンだろうか。

祥明に一目《ひとめ》惚《ぼ》れしてしまって、槙原との縁談を断った……とか？

いや、今回は、槙原も縁談を断りたがっていたんだから、その図式にはあてはまらないのだが。

「あ、あの……槙原さんとの縁談、断ったんだよね？」

「違います。秀行さんが断ったのです」

「えっ⁉」

何だか話が違う。

一体どうなっているんだろう。

「いらっしゃいませ、陰陽屋へようこそ」

瞬太が凍りついていると、ようやく休憩室から祥明がでてきた。

「そちらのテーブル席へどうぞ。キツネ君はお茶を」

「あっ、うん」

瞬太はそそくさと休憩室へとびこんだ。

一体どんな話になるのだろう。

緊張でドキドキしてきた。

ついつい三角の耳をピンとそばだててしまう。

「今日はどのようなご用件でしょうか?」

「ヨシアキさんは槙原さんとは幼なじみで、彼のことをよくご存じなんですよね?

わたくしのどこがいけないのか、説明していただけませんか?」

七

「詠里子さんは熟慮の末、秀行と結婚してもいいと思ってたんですか?」

「わたくしは昨日、秀行さんはいい人に違いないと確信しました。ヨシアキさんと瞬太さんの様子を見て、こんなに一所懸命になってくれる友人たちがいるのは、秀行さんがいい人だからに違いないと判断したのです」

瞬太は驚いた。

たしかに槙原さんはいい人だ。

この人、宇宙人みたいな話し方をするけど、肝心なところはちゃんと押さえてる。

「しかし昨夜、母から、秀行さんとの縁談は諦《あきら》めろと言われました。自分にはもったいなすぎる、というのは、好みのタイプではないから断りたい、という意味だと」

「う」

　麦茶の入ったグラスをおく瞬太の手がとまる。

「残念ながらその通りです」

　祥明はきっぱりと宣告した。

「そうですか……わたくしは十歳までフランスで育ったせいか、日本人特有の、空気を読む、という行為が苦手です。いえ、まったくできません。あと、婉曲《えんきょく》な表現も推察が難しいです。ですから常に相手の方には、明確に言語化して説明してくださるようお願いしています」

「そうだったんだ……」

　やたらに理屈っぽい、変わった人なのだと思っていたが、実は空気が読めないことを自覚して、納得のいく丁寧な説明を求めていたのか。

「しかし母に言わせると、そういうところが日本人の男性には嫌われるのだそうです。まえの夫にも、おまえは面倒臭い女だと言われたのですが、そもそも面倒臭い女という意味がなかなかわからず、悩みました。結局夫は、空気の読める女性と恋愛関係になってしまい、離婚することになったのです」

詠里子はしょんぼりとうなだれながら言う。

「秀行は、脳筋とまでは言いませんが、体育会系なので、筋道をたててきちんと物事を説明するのは苦手でしょうね。そもそも日本人はディベートの訓練を受けていないので、おしゃべりな人でも、意外と論理的な説明は下手だったりするのです」

「そうですか……」

「あのさ、そもそも詠里子さんはどうして槙原さんとお見合いしようと思ったの？」

「以前、こども柔道大会で、小学生たちを引率している秀行さんを見かけました。子供たちも、秀行さんも、心の底から柔道を楽しんでいました。こんな子供好きの人となら、良い家庭が築けるのではないかと、直感的にひらめいたのです。……あまり論理的ではありませんね」

少し恥ずかしそうに、最後の一言を添える。

「そんなことはありません。よくわかります」

「わたくしはもう結婚はあきらめて、仕事に専念した方が良いのでしょうか？」

「結婚について占ってみましょう。昨日は易占でしたから、今日は気分をかえて、式《ちょく》占《せん》にしましょうか」

説明しながら、祥明は式盤《ちょくばん》をからりとまわした。

「おっと、末伝《まつでん》に青龍《せいりゅう》ですか。詠里子さんは、六十歳以降に、結婚運が最高潮になります」

「六十歳!?」

詠里子は目をしばたたいた。

「でも、それでは……結婚しても仕方ないですよね。子供ももう望めない年齢ですし」

「結婚イコール子供ではありません。仕事をリタイアした後、愛するパートナーとともにすごす豊かな生活ほど大切なものはないでしょう。人生の晩年に幸せが待っているなんて、最高に素晴らしいことですよ」

祥明はにっこりと微笑《ほほえ》んだ。

あいかわらずの舌先三寸だが、たしかに、若いうちはもてまくりでも、孤独で寂しい晩年が待っている、と言われるよりは、はるかにましな気がする。

「もちろん結婚運が良いからといって、六十になったら、即、結婚できるわけではありません。それまで自分への投資や努力を怠《おこた》りなく」

「ありがとうございます」

「そうそう、結婚運とは別に、明日突然、子供を拾うかもしれません」

「そんなことあるんでしょうか？」

「あ、おれ、拾われた子供だよ」

瞬太が言うと、詠里子はまた目をしばたたいた。

「えっ、あら、まあ、そうなんですね」

わかりました、と、詠里子は気をひきしめたようだ。

「それでは、いろいろとありがとうございました」

詠里子はさっぱりした顔で陰陽屋を立ち去った。

「詠里子さん、実はすごくいい人だったんじゃないのかな……」

「本当に秀行なんかにはもったいない女性だったから、これでいいんだ」

「槙原さんにもいつかモテ期ってくるのかな？　占ってあげたことある？」

「占うだけ時間の無駄だ。そもそもあいつには女性を見る目がまったくない」

「そうだね……」

詠里子の後ろ姿を見送りながら、二人はため息をついたのであった。

八

太陽が西空をオレンジに染める、午後七時すぎ。

「そろそろ外も涼しくなってきた頃だし、掃除しようかな」

瞬太は立ち上がって、ほうきに手をのばした。かれこれ二十分前から英単語の書きとりをさせられているのだが、眠くて死にそうなのである。

「書きとりは終わったのか？」

「えーと、だいたい？　あれ……？」

瞬太の耳が靴音をキャッチした。

階段の途中で何度も立ち止まりながら、ゆっくりとおりてくる重い足取り。

お年寄りだろうか。

違う。迷っているようだ。

もしかして。

入り口へかけより、黒いドアをあけると、階段の中ほどにいたのは瑠海だった。目が赤く腫《は》れている。顔色も悪い。

まだ伸一は見つかっていないようだ。

「やっぱり瑠海ちゃん……」

「ちょっと気分転換で散歩中なんだけど、この階段は何とかならないの？」

「これは申し訳ありません」

祥明が店からでてきて、瑠海に手をかす。

「お久しぶりですね、お嬢さん。陰陽屋へようこそ」

「こんな大きなお腹を抱えた女がお嬢さんってことはないでしょ……」

瑠海が自嘲気味に言うと、祥明は最大の営業スマイルをうかべた。

「それは私が決めます。瑠海さんはまだまだお嬢さんですよ」

「ばばっ。これだから東京の男は……」

瑠海は頬を赤く染める。

「違うよ。こんなこっ恥ずかしいことを言うのは東京中探しても祥明くらいだから。何せこいつは元ホストなんだ」

「ばばばっ、ホストって、ホストクラブのホスト!?　本当に!?」

「本当ですよ。短期間でしたが、いろいろ珍しい経験をさせてもらいました」

祥明は悪びれずにさらっと言う。

「せっかくですから、今日は安産祈願の祈禱《きとう》でもしましょうか？」

「うーん……祈禱は王子《おうじ》稲荷《いなり》神社の方がいいって瞬太が言ってた気がするから、やっぱり占いかな」

祥明に鋭い視線で一瞥《いちべつ》され、瞬太は首をすくめる。

「では占いにしましょう。何か占ってほしいことでもありますか？」

「……失《う》せ物《もの》、捜し人って、そこの看板のお品書きにでてたけど」

「ええ、犬でも猫でも、何でも占いますよ。うちは探偵ではないので、実際に捜しには行きませんが」

五月に猫捜しで大変な目にあったばかりなので、さりげなく釘をさす。

「行方不明の人間がでてくるかどうか……いえ、やっぱりやめます」

「やめるんですか？」

「あの男がでてくるかどうかが問題じゃないんです。問題は結婚するかどうかです」

「瑠海ちゃん!?」

「子供はね、産むって決めたのよ。三月に東京に来た時に、あんたが、自分は養子だけど、大事に育てられて幸せだって話してくれたから、いざとなったら養子にだすのもありだなって思って」

「えっ、そうなんだ」

まさか自分の一言で瑠海が心を決めたとは知らず、瞬太はどぎまぎした。

「でも結婚はまた別。あの男と結婚しても、ろくなことにはならないんじゃないかっていう気がすごくするんだよね……」

酒を飲んでもいないのに、瑠海の目はすわっている。

結婚して子供をもちがたっていた詠里子を占ったばかりなのに、今度は結婚をやめようとしている瑠海が占えと言う。

なんだか滅茶苦茶な日だなぁ、と、瞬太はこっそり心の中でため息をつく。

「わかりました。では、結婚について占ってみましょう」

祥明は棚から絵入りのカードをとりだした。

「トランプですか?」

「ルノルマンカードです。十九世紀にヨーロッパで考案された比較的新しい占いで、ワンポイントで明快な答えがほしい時に最適です」

説明しながら、祥明はピンクのドレスを着た女性のカードをテーブルの上に置いた。女性を占う時は、このカードを象徴としてひらいておくのだという。

「一枚だけひくワンオラクルから、三十六枚すべてを使うグラン・タブローまで、様々な占い方があるのですが、今日はシンプルに、一枚だけひいてみましょうか。上下は関係ないので、よくまぜて、一枚選んでください」

「はい」

瑠海はテーブルの上でカードを丁寧にまぜると、一枚を選び、ひっくり返した。

クラブの10と、動物の絵が入ったカードである。

「何これ。熊《くま》？」

「熊ですね」

暗い地味な色調のカードに、瞬太はひやっとする。もしかして凶を示すカードだろうか。

「とてもいいカードです」

「えっ!?」

瑠海を差し置いて、瞬太が大声をあげてしまった。

「熊のカードは強い力、そして母性愛を示します」

「母性愛……」

瑠海はうつむいた。

「昨夜から、もう、伸一と家庭をつくるなんて無理、赤ちゃんは養子にだすしかないんじゃないか、って、ずっとぐるぐる考えてるあたしに、母性愛なんて……」

せっかくのいいカードなのに、逆効果だったのだろうか。

「果報は寝て待て、と言いますが、せっかくいいカードがでたんです。ここはぱーっといきませんか？」

「ぱーっと？」

「キツネ君、今日は早じまいだ」

祥明はさっと立ち上がると、満面の笑みをうかべた。

九

祥明が瑠海を連れて行ったのは、六本木《ろっぽんぎ》のクラブドルチェだった。祥明が以前ホストとして働いていた店である。

「こ……ここが、噂の、クラブドルチェ……」

ムーディな店内を見回して、瞬太は立ちつくした。きれいに着飾った老若の女性客たち、お酒のにおい、煙草《たばこ》のにおい、さざめく笑い声。

とにかく大人の空間である。

「ショウじゃないか」

まっ先に祥明に気がついたのは、元ナンバーワンホステスで、現在フロアマネージャーをつとめている雅人《まさと》だ。真っ黒なスーツに身をつつみ、髪をかっちりとオールバックに決めている雅人は、どのホストよりも華やかである。

「おっと、そっちは瞬太か」

雅人にプッとふきだされて、瞬太は顔を赤くした。祥明が私服を貸してくれたのだが、てらてらしている上に、サイズがだぼだぼなのである。

祥明が女性客を連れて来たのははじめてなので、他のホストたちも物珍しがってわらわらでてくる。

「ショウさん!?」

「なになに、このすごく可愛《かわい》いお姫さま、もしかしてショウさんの彼女!?」

白スーツはナンバーワンの燐《りん》だ。

「うちのキツネ君の従姉だよ。二人とも未成年だからドリンクはノンアルコールで」

「諒解」

「あの、祥明さん……ここって……」

それまで呆然としていた瑠海が、ようやく口を開いた。

「正真正銘のホストクラブだよ。ぱーっと豪遊しよう。カラオケは好き?」

「え、まあ……」

「ケーキとフルーツ盛り合わせはどっちにする? 両方でもいいよ」

小柄な小悪魔ホスト綺羅《きら》が、するりと瑠海の隣の席にすべりこむ。

「じゃあ両方」

最初は遠慮がちだった瑠海だが、あまりにも非日常な空間で、落ち込んでいる場合ではなくなったのだろう。

次第に楽しく歌い、食べはじめた。

バーテンダーの葛城《かつらぎ》も、ノンアルコールの絶品フルーツカクテルを次々に作って持ってきてくれる。

一番盛り上がったのは祥明のカラオケだ。曲はお約束の鳩《はと》ぽっぽである。

もしかしたら、占い結果がどうであれ、祥明は瑠海をドルチェに連れてきて、うさばらしをさせるつもりだったのではないだろうか。

そのために、解釈が厳密な易占や式占《ちょくせん》ではなく、ふわっとしているルノルマンカードをひかせたのかもしれない。

何だかんだで、やっぱり祥明は頭がいいんだよな、と、瞬太は舌をまく。

一時間ほどたった時、瑠海の携帯電話が鳴った。着信音が聞こえているはずなのに、すぐにでようとしない。目に迷いがうかんでいる。

「でた方がいいよ。伸一君が見つかったのかも」

「うん……」

瞬太に言われ、瑠海は携帯電話を片手に、店の出入り口へむかう。

「もしもし、ばっぱ？　え、お母さんが？　ばばばばばっ、本当に⁉」

またもやばが五つだ。

「どうしたの？」

狐につままれたような顔で席に戻ってきた瑠海に、瞬太は尋ねた。

「お母さんが昨夜、伸一の家に怒鳴り込んだんだって」

「えっ、紫里《ゆかり》おばちゃんが⁉」

「それで、大暴れしたんだって。ちゃぶ台、じゃなくて、テーブルをひっくり返したり、すごかったらしいよ」

「おじさんじゃなくて？」

瑠海の父親は、いわゆるワイルドなおやじなのである。

「お父さんは今、漁に出ていて家にいないから」

「ああ、そうか」

瑠海の母親は学校の先生をしているだけあって、いつも落ち着いている真面目《まじめ》なしっかり者というイメージだが、さすがに今回は腹にすえかねたのだろう。

ワイルドな父がいたら、もっとすごいことになっていたかもしれない。

「それで、伸一のお母さんが、うちのお母さんが怒るのももっともだ。伸一の誕生日に結婚式をあげて、そのままマグロ漁に行かせようって言ってるんだって」

「でも高校はどうするの？」

「さあ。休学か退学か……とにかくもう逃げられないように、船に乗せるって」

「そ、そうか……」

瞬太はまだ見ぬ伸一に、心の底から同情した。

がんばれ、伸一。

負けるな、伸一。

逃げ出した気持ちはよくわかるが、これ以上隠れていても火に油をそそぐだけだから、さっさとでてきて謝った方がいいんじゃないかな……！

「あ、そういうことか」

急に瑠海は一人で納得したようだった。

「熊のカード。強い力と母性愛でしたっけ？」

「そうですね。まさに瑠海さんのお母さんを……」

祥明がにっこりと微笑みながら言いかけた時。

「つまり、強い母がいれば、父親はいなくても子供は立派に育つっていう意味ですね！」

瑠海は力強く言い切った。

「え？」

「そう……かな？」

瞬太と祥明は、思わず目を見交わした。

「まあ、カードの解釈は人それぞれですからね」

「フルーツ盛り合わせ、おかわりお願いしまーす」

瑠海は晴れ晴れした顔で、もりもり食べはじめる。

伸一が海辺の牡蠣《かき》小屋で見つかったのは、その夜のことであった。

十

夏休みに入る直前の暑い日。

瞬太が学校をでて三分ほど歩いたところで、突然のどしゃ降りに見舞われた。雷のおまけつきだ。

「祥明、タオル貸してくれ！　急に降ってきたんだ」

瞬太が陰陽屋の階段をかけおり、黒いドアをあけると、いつになく空気がはりつめていた。

祥明と見知らぬ小柄な女性、そしてみどりと吾郎が立っている。

四人は同時にふりむき、瞬太を見た。

「あ、ごめん……あの……お客さん？」

瞬太の前髪からぽとぽとと水滴が落ちる。

そもそもなぜ、みどりと吾郎が二人そろってここにいるのだろう。

「キツネ君、こちらが呉羽《くれは》さんだ」

祥明の言葉に瞬太ははっとした。

この人が、呉羽さん……？

その女性は、たしかに葛城が見せてくれた写真にそっくりだった。

自分の母親かもしれない人？

目が似ているだろうか？

よくわからない。

「あの……呉羽、です。颯子《さつこ》おばさまが捜しているって聞いて……」

声がかすかに震えている。

呉羽の方も、瞬太を見て、戸惑っているようだ。

「吾郎さんとみどりさんには、おれが連絡して来てもらった」

「そっか。えーと、お茶いれてくるね」

「とりあえず着替えてきたら？　そのままだと風邪をひくわよ」

「あ、うん、そうする」

みどりがさしだしたハンカチを受け取ると、瞬太は休憩室にとびこんで、ロッカーにかばんをほうりこんだ。

「みなさん、どうぞ奥のテーブル席へ」

祥明の声と、全員が腰をおろす物音。

だがその後は、何も聞こえない。

地下なので、どしゃ降りの雨音がひどく響く。

時おり雷の音も混じる。

いつもなら祥明が天気の話でもして場をなごませるところなのだが、それもない。

瞬太が着替えて、ついでに耳と尻尾《しっぽ》をだし、いつもの姿で店に戻ると、呉羽が立ち上がった。

「大きくなって……！」

ぎゅっと瞬太を抱きしめた。

みどりとは全然違う、ほっそりした腕にやわらかな頬《ほお》。

すごく不思議な感じだ。

だが、そっと目をそらしたみどりに申し訳なくて、腕をふりほどく。

「呉羽さん、順を追って事情を説明していただけますか？　キツネ君もすわって」

「うん」

瞬太はみどりの隣に椅子をはこんで、腰をおろした。

「あたしは十八年前、葛城燐太郎《りんたろう》さんとおつきあいしていました。いずれ結婚もしたいと思っていました。でもある日、燐太郎さんが突然、川でおぼれて亡くなったという知らせが入って……。つらくて悲しくて、いっそ後を追って死んでしまおうかと思っていた時、自分の妊娠に気がつきました」

燐太郎の忘れ形見を立派に育ててみせる、と、決意してはみたものの、先立つものがさっぱりない。

昔からとにかく計画性に欠けていたのだ。

途方に暮れていた呉羽を支えてくれたのが、燐太郎の友人の高輪《たかなわ》恒晴《つねはる》だった。

一人で子供を産み育てることへの不安でいっぱいだった呉羽は、「子供には父親が必要だよ」という恒晴のプロポーズを受け入れ、結婚。

だが出産してしばらくしてから、恒晴の態度が急変した。

恒晴の目的は、颯子の強大な力を受け継いだ子供だったのだ。

しかも燐太郎に無理矢理大量の酒を飲ませ、川に突き落としたのも恒晴ではないかという疑惑が生じる。

「この子を恒晴さんの目の届かないところへ隠さないと……！」

後先考えずに家をとびだした呉羽だが、赤ちゃん連れでは人目につくし、かくまってもらえるあてもない。

もちろんお金も持っていなかった。

こうなったら人間に育ててもらうしかないと考え、王子稲荷神社の境内《けいだい》で最初にあらわれた女性に託すことにしたのである。

案の定、いかにも人のよさそうな彼女は、赤ちゃんを引き取り、瞬太と名付けて大事に育てはじめた。

その様子を見届け、自分はあえて瞬太から遠い場所へと身を隠したのである。

「うかつにあたしがあなたに連絡をとったりしたら、あなたが恒晴さんに見つかってしまう心配があったし、何より、育ててくれている人間の両親に悪い気がして。本当に我慢の十七年間だったわ」

呉羽は長い説明を終えた。

祥明は扇を額にあて、どこからつっこんだものかと思案しているようだ。

そして瞬太は途方にくれていた。

「ごめん、急にそんなこと言われても信じられない。だいいち、呉羽さん、どう見ても二十代だし……」

十八年前の写真とくらべ、髪形は違うが、ほとんど顔がかわっていない。整形したのか、アンチエイジング化粧品の力なのか、はたまた化けギツネには自分の外見をあやつる力があるのか。

「だってあたしたち人間じゃないもの。年をとるスピードが違うのは当たり前よ」

「そうなの？」

「あなただってそろそろ成長が止まったんじゃないの？」

「え……？」

呉羽が言っていることの意味がのみこめず、瞬太は首をかしげた。

「そういえば、高校生になってから自分はほとんど身長が伸びていないってぼやいていたな」

「あっ……」

祥明に言われてようやく瞬太は心当たった。

高坂《こうさか》はいまや祥明とほとんどかわらないくらいの長身なのである。

他の同級生たちもみな、着々と大人の体格に近づいている中、自分だけは中三の時とほとんどかわっていない。

「やっぱりね。これ以上、人間として暮らすのは無理じゃないかしら。この際、あたしの家に来ない？　一緒に暮らしましょう」

「えっ⁉」

突然の呉羽の提案に、瞬太は呆然とした。

「急にそんなこと言われても……」

その時、入り口の黒いドアがいきおいよくあけはなたれた。

呉羽と同じ年頃の、しかもどことなく似た顔立ちの女性が立っている。

「だまされないで！　彼女が言ったことは全部嘘よ！」

「へ？」

「本当の母親はあたしよ！」

「えええええっ⁉」

「ずっとあたしはあなたの近くで、成長を見守ってきたのよ、瞬太……！」

「えっ、あ、その声、もしかして、さすらいのラーメン職人、山田《やまだ》さん⁉」

瞬太は仰天した。

「嘘だろう⁉」

「その通りよ！　あたしがあなたの母親なの！」

山田さんは瞬太を抱きしめようとした。

「違うわ、あたしよ！　瞬太はあたしと暮らすのよ！」

呉羽が山田さんの腕をひっぱって阻止する。

「二人とも、急にでてきて勝手なこと言わないでください！」

思いあまって立ち上がったのは、みどりだ。

三人の母親たちがにらみあう。

呉羽がみつかったら、何もかもがはっきりすると思っていたのに、かえってわけのわからないことになってしまった。

いったいどうしたらいいんだ……！

雷鳴がとどろく中、瞬太はただただ、あっけにとられていたのである。

あとがき

久しぶりのあとがきです。

たぶん『タマの猫又相談室　花の道は嵐の道』の文庫版以来ですが、みなさまお元気でいらっしゃいましたか？

前巻『恋のサンセットビーチ』の読者プレゼント応募はがきで「あとがきをつけてください」という方がいらっしゃったので、ちょうど話も佳境に入ってきたことだし（たぶん）、たまには気合いの入ったあとがきでも書くか！と思ったのですが、眠いのと時間がないのとで、あまり書けそうにありません（汗）。

まず今回の『狐の子守歌』について。

あ、若干ネタバレになるので、本文を先に読んでくださいね！

大丈夫ですか？

今回の呉羽《くれは》さんがらみの設定は、四パターン考えました。

採用されたのは一番ファンタジーっぽい設定で、他のは「ＤＶに耐えかねて呉羽は子供を連れて逃げた」とか、「呉羽が恋人をつくって、子供を置いて家出」とか、もう一つは何だったかな？　とにかくそんなヘヴィな（笑）感じだったので、編集者さんに「一番ましなパターンで……」と、これが採用されました。

とはいえ、呉羽さんが全部真実を語っているかどうかについては、あやしい感じですね！

最近ブラック怜《れい》サマの出番が少ないので、次巻あたり何かやらかしてくれるといいなぁと思っています。

……思っているだけで具体的な構想はまったくありませんが（おい）。

さて、次に近況ですが、日々のよしなしごとはツイッターでつぶやいているので、そちらを見ていただければ幸いです。

ほぼ猫の話とテレビの話ばかりですが、たまに新刊の告知もあります。

アカウントは天野頌子 @AmanoSyoko です。

とりあえず今日のところはそんな感じで。

読者プレゼント*のご応募お待ち申し上げております。

二〇一六年十二月吉日　　天野頌子

*読者プレゼントにつきましては、本書新刊オビの折り返しに詳細を記載しています。
2017年2月末日締切です。

参考文献

『現代・陰陽師入門　プロが教える陰陽道』（高橋圭也／著　朝日ソノラマ発行）
『安倍晴明　謎の大陰陽師とその占術』（藤巻一保／著　学習研究社発行）
『陰陽師列伝　日本史の闇の血脈』（志村有弘／著　学習研究社発行）
『陰陽師』（荒俣宏／著　集英社発行）
『陰陽道　呪術と鬼神の世界』（鈴木一馨／著　講談社発行）
『陰陽道の本　日本史の闇を貫く秘儀・占術の系譜』（学習研究社発行）
『陰陽道奥義　安倍晴明「式盤」占い』（田口真堂／著　二見書房発行）
『鏡リュウジの占い大辞典』（鏡リュウジ／著　説話社発行）
『野ギツネを追って』（D・マクドナルド／著　池田啓／訳　平凡社発行）
『狐狸学入門　キツネとタヌキはなぜ人を化かす？』（今泉忠明／著　講談社発行）
『キツネ村ものがたり　宮城蔵王キツネ村』（松原寛／写真　愛育社発行）
『安倍晴明「占事略決」詳解』（松岡秀達／著　岩田書院発行）
『易入門～正しい易占の要領～』（柳下尚範／著　虹有社発行）
『秘密のルノルマン・オラクル』（鏡リュウジ／著　遠藤拓人／絵　夜間飛行発行）

本書は、書き下ろしです。

よろず占《うらな》い処《どころ》 陰陽《おんみよう》屋《や》狐《きつね》の子《こ》守《もり》歌《うた》

天野《あまの》頌子《しようこ》

2017年1月5日初版発行

発行者……長谷川 均
発行所……株式会社ポプラ社
〒160-8565 東京都新宿区大京町22-1
電話……03-3357-2212（営業）
03-3357-2305（編集）
振替……00140-3-149271
フォーマットデザイン 荻窪裕司(bee's knees)
印刷・製本 凸版印刷株式会社

乱丁・落丁本は送料小社負担でお取り替えいたします。
小社製作部宛にご連絡ください。
電話番号 0120-666-553
受付時間は、月～金曜日、9時～17時です（祝祭日は除く）。

ポプラ文庫ピュアフル

ホームページ http://www.poplar.co.jp/ippan/bunko/

N.D.C.913/314p/15cm
ISBN978-4-591-15306-2

流され男子と頼れる猫又——
タマさま最強!!

天野頌子
『タマの猫又相談所
花の道は嵐の道』

装画：テクノサマタ

——うちの理生ときたら、高校生になったというのに、泣き虫で弱虫でこまったもんだ。やれやれ、おれがなんとかしてやるか——。

理生の飼い猫タマは、じつは長生きして妖怪化した猫又。流されるままに花道部に入部し、因縁のライバル茶道部との激しい部室争奪戦に巻き込まれてしまった理生を、タマが陰から賢くサポート。大人気「よろず占い処　陰陽屋」シリーズの著者が描く、ほんわかもふもふ学園物語。書き下ろし短編「空の下、屋根の上」を収録。

ポプラ文庫ピュアフルの好評既刊

高校花道部の和室をめぐる戦い
理生の危機！　タマ様出動!!

天野頌子
『タマの猫又相談所
逆襲の茶道部』

装画：テクノサマタ

草薙家の飼い猫タマは、じつは長生きして妖怪化した猫又。しかしそれを知っているのは高校生の理生だけ。泣き虫で弱虫な理生に毎晩泣き言を聞かされるタマは、いつもやむを得ず理生のサポート役に。さて、二年生になった理生だが、所属する聖涼学院高校花道部は新入部員の獲得に苦戦。再び女王・鈴木花蓮率いる茶道部に和室を狙われて……。起死回生の策で高校生生け花コンクールに出場した理生たち、結果はいかに!?

「陰陽屋」の天野頌子の人気シリーズ第二弾！

スーパーお兄ちゃんと地味な妹の諸行無常な便利屋ライフ!

真中みずほ

『晴安寺流便利屋帳

安住兄妹は日々是戦い!の巻』

装画：芝生かや

某地方都市の平凡なお寺・晴安寺に兄妹あり。兄の安住貴海は近所の子どもから檀家のマダムたちにまで絶大な人気を誇るスーパーイケメン好青年。妹の美空は兄のために苦労が絶えない地味で普通な女子高生。母の死後、住職の父は家出、寺に残された兄妹は生活のために便利屋業を始めたが……。氷のような秀才美女、けなげな理由アリ小学生などの依頼に、のらりくらりと対応する兄とやきもきする妹。一体どうなる? シリーズ第1弾!